कैसा है ये प्यार

उपन्यास

दीपिका जैन

अंजुमन प्रकाशन

अंजुमन प्रकाशन
942, मुट्ठीगंज, प्रयागराज-3 उत्तर प्रदेश, भारत
www.anjumanpublication.com
contact@anjumanpublication.com

प्रथम संस्करण अंजुमन प्रकाशन द्वारा 2021 में प्रकाशित

आवरण व टाइप सेटिंग : अंजुमन प्रकाशन

ISBN : 978-93-88556-73-6

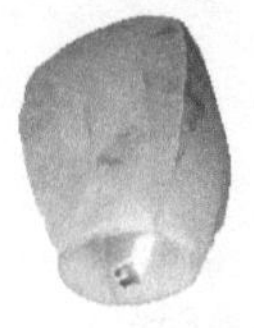

अभिस्वीकृति

मैं दीपिका जैन, सबसे पहले तो ईश्वर का धन्यवाद करना चाहूँगी जिन्होंने मुझे लिखने का हुनर दिया। फिर अपने दिवंगत मम्मी-पापा का धन्यवाद करना चाहूँगी जिनकी वजह से मैं हूँ और जिन्होंने मुझे ऐसा माहौल दिया जिससे मुझे कहानी व कविताएँ लिखने में मदद मिली और आज मैं उन्हीं के आशीर्वाद से आपके सामने अपनी किताब लेकर हाजिर हूँ। मैं अपनी दोनों बेटियों अनिशा (बुलबुल) व आस्था (मिट्टू) का धन्यवाद करना चाहूँगी जिन्होंने उपन्यास लिखते वक्त मेरा हौसला बढ़ाया और अपने सुझाव भी दिये। लेकिन मेरा यह उपन्यास प्रकाशित हुए बिना ही रह जाता, अगर अंजुमन प्रकाशन के द्वारा इसको छापने की स्वीकृति नहीं दी जाती; इसके लिए मैं अंजुमन प्रकाशन के वीनस केसरी और उनकी टीम को तहे दिल से शुक्रिया करना चाहूँगी और ये भी कहना चाहूँगी कि वीनस केसरी का अपने लेखकों के प्रति व्यवहार सराहनीय है। अब अंत में मैं अपने पति प्रदीप जैन का धन्यवाद करना चाहूँगी जिनकी मदद के बिना तो मैं शायद अपने इस लेखन के क्षेत्र में कभी आगे ही नहीं बढ़ पाती तो ये उपन्यास लिखने का तो सवाल ही पैदा नहीं होता।

समर्पण

मेरी ओर से ये उपन्यास 'कैसा है ये प्यार' मेरे पति

प्रदीप जैन

एवं मेरी दोनों बेटियों

अनिशा व आस्था

के लिए।

लेखकीय

नमस्कार दोस्तों! सबसे पहले तो आप सभी का अपनी व्यस्त दिनचर्या से समय निकाल मेरी किताब खरीदने के लिए बहुत-बहुत शुक्रिया... मैं उम्मीद करती हूँ कि मेरी इससे पहले प्रकाशित हो चुकी किताबों Kavyaa (A Collection Of Hindi Poetry) और (Kuchh Lamhe Zindagi Ke) की तरह से ये किताब भी आपको अवश्य ही पसंद आयेगी।

दोस्तों! प्रेम-कहानियाँ किसे पसंद नहीं आती हैं बस यही सोचते हुए मेरे मन में एक दिन प्रेम-कहानी पर आधारित उपन्यास लिखने का विचार आया, लेकिन मैं कुछ ऐसा लिखना चाहती थी जो कि पाठकों को मेरे उपन्यास से बाँधे रखे, उसमें उनकी रुचि बनी रहे, उसमें प्यार के साथ-साथ थोड़ी मस्ती-मज़ाक भी हो... कुछ ऐसे पल भी हों जिन्हें पढ़कर पाठकों की आँखें नम हो जायँ, थोड़े-लड़ाई झगड़े भी हों। कुल मिलाकर मैं आपके सामने एक मनोरंजन से भरपूर उपन्यास प्रस्तुत करना चाहती थी और बस मैंने शुरूआत की एक ऐसी प्रेम-कहानी की जिसमें वो सब कुछ हो जो मैं अपने पाठकों के लिए चाहती हूँ। उम्मीद करती हूँ कि इस उपन्यास में आपको वो सब कुछ मिलेगा जो आपको इस कहानी से बाँधे रखेगा। तो इस बार मैं आपके लिए लेकर आयी हूँ एक प्रेम-कहानी पर आधारित उपन्यास, जिसका नाम है कैसा है ये प्यार, ये एक ऐसी प्रेम-कहानी है जो आम प्रेम-कहानियों से कुछ हटकर हैं। जिसमें कहानी का मुख्य किरदार रोहित एक लड़की तान्या से पहली ही नज़र में इश्क़ कर बैठता हैं और फिर शुरू होती उसकी अपने प्यार को पाने की लड़ाई। लेकिन इन दोनों प्रेमियों का एक होना आसान नहीं, क्योंकि इस ज़ालिम दुनिया ने न जाने कितने ही विघ्न डाले हैं इन दोनों के एक होने में फिर भी इन्होंने हिम्मत नहीं हारी और हर मुश्किल का बखूबी सामना किया। लेकिन क्यों खिलाफ था ज़माना इनके इश्क का? इन दोनों का प्यार मुकम्मल हुआ या नहीं ये जानने के लिए आपको पढ़ना होगा मेरा ये उपन्यास... तो फिर इंतज़ार किस बात का।

दीपिका जैन

प्रस्तावना

प्यार एक खूबसूरत एहसास है, लेकिन कहते हैं कि प्यार नाम का ये खूबसूरत एहसास अंधा होता है। यकीनन वो अंधा होता है, इसलिए तो प्यार करने वालों को अपनी राह में आने वाली मुश्किलें नज़र नहीं आती हैं; अगर आती भी हैं तो एक-दूसरे के प्रेम में डूबे दोनों प्रेमी मुश्किलों का हँसकर सामना कर लेते हैं... कुछ अपने प्यार की वजह से तो कुछ दोस्तों के साथ की वजह से।

कुछ ऐसी ही कहानी आपको इस उपन्यास में पढ़ने को मिलेगी जिसमें पहली ही नजर में रोहित, तान्या से इश्क तो कर बैठता है और तान्या भी उसे अपना दिल दिये बगैर नहीं रह पाती और दोनों प्रेमी हर कदम अपने प्यार के लिए दुनिया से लड़ते भी हैं। लेकिन इनके प्यार का क्या अंत होगा, मिलेंगे या बिछड़ेंगे ये तो इन्हें भी नहीं पता था। लेकिन वाकई में आसान नहीं थी इनके प्यार की राहें, इम्तिहान था ये इन आशिकों का। क्या हुआ नतीजा इसका ये बताना तो मुश्किल ही नहीं नामुमकिन है... पर जो भी हुआ बहुत ही खूबसूरत था और इसकी खूबसूरती को जानने के लिए पढ़िए मेरा ये उपन्यास ''कैसा है ये प्यार''

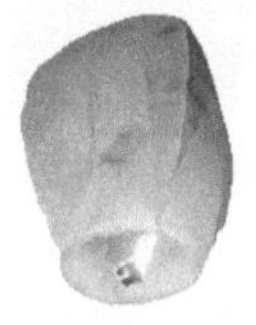

अध्याय विवरण

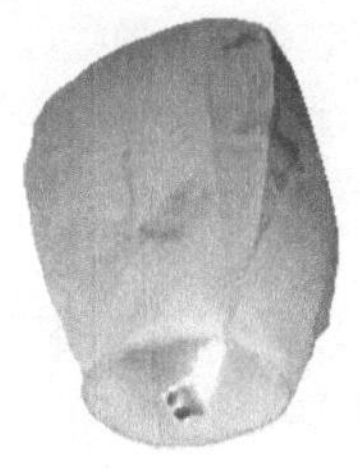

पहली नज़र में प्यार

"रोहित तुम मेरा साथ तो नहीं छोड़ दोगे न।'' ऐसा कहते ही तान्या की आँख से आँसू की एक बूँद गिरकर उसके गालों पे लुढ़क गयी।

"नहीं तान्या कभी नहीं और तुम ऐसा क्यों पूछ रही हो, क्या तुम्हें मेरा विश्वास नहीं?'' रोहित ने बड़े ही प्यार से उसके आँसू पोंछते हुए पूछा।

"तुम पर तो मुझे पूरा विश्वास है लेकिन अपनी किस्मत पर नहीं है, तुम तो मेरे अतीत से भली-भाँति परिचित हो।''

"हाँ तान्या, लेकिन वक़्त हमेशा एक-सा नहीं रहता है, तुम्हारा बुरा वक़्त अब खत्म हो चुका हैं अब किसी भी तकलीफ को तुम तक जाने से पहले मुझसे टकराना होगा।''

"लेकिन रोहित आज हमारा कॉलेज़ में आखिरी एग्ज़ाम है, इसके बाद हम कैसे मिलेंगे; अभी हमारे पास मिलने का कम से कम ये एक बहाना तो था।''

"तान्या तुम इतनी नकारात्मक बातें क्यों सोच रही हो, हम आगे भी मिलने का कोई न कोई रास्ता तो ढूँढ़ ही लेंगे।'' दुनिया से बेखबर ये दो प्रेमी अपने कॉलेज के कैण्टीन में बैठे न जाने कितनी देर से प्यार भरी बातें कर रहे हैं। ऐसा

नहीं है कि इनकी बातों का सिलसिला आज ही इतना लम्बा चला है बल्कि पिछले कुछ दिनों से तो इनकी बातें हैं कि खत्म होने का नाम ही नहीं ले रही हैं। ऐसा लग रहा हैं मानो इन दोनों प्रेमियों के लिए वक़्त जैसे थम गया हो।

तीन साल पहले की बात है, जब रोहित की मुलाकत तान्या से हुई थी। उस दिन रोहित के दोस्त ऋषभ ने उसे अपने घर खाने पर बुलाया था। रोहित व ऋषभ बहुत ही अच्छे दोस्त हैं। इनकी पहली मुलाकात कॉलेज़ में उस वक़्त हुई जब वो फर्स्ट इयर के एडमिशन फॉर्म जमा करवाने के लिए लाइन में खड़े थे और वहीं से दोनों की दोस्ती की शुरूआत हुई और उसके बाद यह दोनों कब एक-दूसरे के अज़ीज़ दोस्त बन गये पता ही नहीं चला। लेकिन बस एक ही फर्क था इन दोनों में, वो ये कि ऋषभ तो कभी भी अपने दोस्त के घर को अपना समझकर चला जाता, लेकिन रोहित अपने शर्मीले स्वभाव की वजह से ऋषभ के घर जाने में हिचकिचाता। बस इसी वजह से एक दिन ऋषभ ने फैसला किया कि वो रोहित को अपने घर डिनर पर आमंत्रित करेगा जिससे एक बार उसकी झिझक खुल जाये।

''यार रोहित! क्यों न तू इस सण्डे मेरे यहाँ खाने पर आता; तुझसे मिलकर मम्मी को भी अच्छा लगेगा, वैसे भी कई बार कह चुकी हैं मुझसे कि रोहित से कब मिलवा रहा है।''

''लेकिन ऋषभ...।''

''अब लेकिन-वेकिन कुछ नहीं, ये हुकुम है मेरा कि तुझे आना ही होगा मेरे यहाँ इस सण्डे को डिनर पर, अब इसके आगे एक शब्द और नहीं।'' ऋषभ के इतना कुछ कहने के बाद रोहित कुछ नहीं कह पाया और उसने हामी भर दी।

सण्डे को ''हमारे गरीबखाने में स्वागत है आपका।'' जैसे ही रोहित, ऋषभ के घर पहुँचा तो ऋषभ उसके आगे झुककर खड़ा हो गया।

''ये क्या कर रहे हो तुम, पागल हो गये हो क्या।''

''हाँ कह सकते हो तुम मुझे पागल... अरे भई आज तुम्हारी वजह से हमें टेस्टी-टेस्टी खाना खाने को मिलेगा, चलो अन्दर तुम्हें मम्मी से मिलवाता हूँ।''

घर के अंदर पहुँचकर, ''मम्मी! ये रोहित है।'' ऋषभ ने अपनी मम्मी स्वर्णा से रोहित का परिचय करवाते हुए कहा।

''नमस्ते आण्टी!''

''नमस्ते बेटा, आओ, तुम्हारे बारे में ऋषभ से सुना तो बहुत है, लेकिन मुलाक़ात आज पहली बार हो रही है।''

''जी आण्टी।'' रोहित स्वयं को थोड़ा असहज महसूस कर रहा था।

''यार रोहित, तू भी न बिलकुल पागल है। अब मुझे देख तेरे घर पर जब भी आता हूँ अपना घर समझकर रहता हूँ और तू है की शरमा रहा हैं... यार यह भी तेरा ही घर है आराम से बैठ।'' ऋषभ रोहित के शर्मीले स्वभाव से भली-भाँति परिचित था इसलिए उसे सहज करते हुए बोला।

रोहित वहाँ रखे सोफे पर जैसे ही बैठने लगा, उसकी नज़र वहाँ बैठी हुई एक सुन्दर युवती पर पड़ी जो सोफे पर बैठी कोई किताब पढ़ रही थी। वो किताब पढ़ने में इस कदर मशगूल थी कि उसे रोहित के वहाँ होने का एहसास तक नहीं हुआ और न ही किसी ने उन दोनों का परिचय करवाया। चाहे जो कुछ भी हुआ हो लेकिन रोहित पहली ही नज़र में उस युवती की सुंदरता का कायल हो गया।

''रोहित! आओ बेटा खाना तैयार है।''

''आण्टी आपने इतनी तकलीफ क्यों की?''

''अपने ही बच्चों के लिए काम करने में तकलीफ होती है क्या।''

''वाह! क्या बात है आज तो छोले-भटूरे बनाये हैं सच में मज़ा आ जायेगा।'' ऋषभ के कहते ही,

''मज़ा बाद में लेना, जाकर पहले अपनी भाभी को बुला कर ला, वो भी खाना खा लेगी।''

रोहित को स्वर्णा की आवाज़ में थोड़ा गुस्सा नज़र आया और ऋषभ के जाते ही रोहित इस सोच में पड़ गया कि यह किस भाभी के बारे में बात हो रही है, क्योंकि इससे पहले भाभी का कोई ज़िक्र ही नहीं आया था। इतने में ही वही खूबसूरत महिला व्हील-चेयर पर आती हुई नज़र आयी।

''तान्या खाना खा लो।'' स्वर्णा ने रूखेपन से कहा।

''भाभी इससे मिलो, यह है मेरा दोस्त रोहित; वही जिसके बारे में मैंने आपको बताया था। रोहित, यह हैं मेरी भाभी तान्या।''

''नमस्ते'' रोहित के कहते ही,

''नमस्ते जी नमस्ते, आपके चर्चे तो हमारे यहाँ हर रोज होते हैं... दरअसल बात ये है कि ऋषभ को आजकल तुम्हारे सिवा कोई दिखायी ही नहीं देता।'' तान्या के कहते ही,

''तान्या बातें बाद में करना पहले खाना खा लो।'' स्वर्णा ने तान्या की ओर गुस्से से देखते हुए कहा।

''जी मम्मी जी'' कुछ देर तक वहाँ एक सन्नाटा छाया रहा।

यह ऋषभ की भाभी हैं, लेकिन यह व्हील-चेयर पर कैसे... अभी थोड़ी देर पहले तो वहाँ सोफे पर थीं। इसी दौरान रोहित के मन में कई सवाल चलने लगे। फिर अचानक से ऋषभ की मम्मी की आवाज़ सुन रोहित बेवजह ही मुस्कुराने लगा। ''बुरा मत मानना रोहित मैं तुम्हारी मम्मी से बहुत नाराज़ हूँ।''

''क्या हुआ आण्टी कोई गलती हुई है मम्मी से?''

''गलती... अरे भई उनकी वजह से मेरा बेटा मुझसे दूर हो रहा है, वो आजकल उनके बारे में ही बात करता है।''

''अगर ऐसी बात हैं तो आण्टी आप हमारे घर आइए और अपनी शिकायत मम्मी से कीजिए।''

''हाँ यह ठीक रहेगा, मम्मी मैं भी आपके साथ चलूँगा, इस बहाने आण्टी के हाथ से बना कुछ स्वादिष्ट भी खाने को मिल जायेगा।'' ऋषभ के ऐसा कहते ही वहाँ बैठा हर सदस्य ठहाका लगा के हँस पड़ा। इसी हँसी-मज़ाक के दौरान कब खाना हो गया पता ही नहीं चला और रोहित फिर से न जाने किन खयालों में खो गया।

''रोहित! क्या सोचने लगा तू, मम्मी कितनी देर से तुझसे कुछ पूछ रही हैं जवाब क्यों नहीं देता।''

''माफ करना आण्टी मैंने सुना नहीं, क्या कह रहे हो आप?''

''मैं पूछ रही हूँ बेटा कि गाजर का हलवा खाना पसंद करोगे?''

''नहीं आण्टी, बहुत देर हो चुकी है मुझे अब निकलना चाहिए मम्मी इंतज़ार कर रही होंगी'' स्वर्णा के पूछते ही रोहित ने अपने हाथ पर बँधी घड़ी की

ओर नज़र दौड़ाई। लेकिन उस वक़्त रोहित का वहाँ से जाने का बिल्कुल भी मन नहीं हो रहा था, वो तो बस किसी ना किसी बहाने से बार-बार तान्या की ओर ही देख रहा था, जिस बात का अहसास वहाँ बैठे किसी भी सदस्य को नहीं हुआ, शायद खुद तान्या को भी नहीं।

''मम्मी मैं रोहित को बाहर तक छोड़कर आता हूँ।'' और ऋषभ भी उसके साथ चल पड़ा।

बाहर निकलकर, ''यार ऋषभ तूने कभी अपनी भाभी का ज़िक्र नहीं किया, और यह सब क्या था, तेरी भाभी व्हील-चेयर पर।'' रोहित जल्द से जल्द तान्या के बारे में सब कुछ जान लेना चाहता था।

''क्या बताऊँ दोस्त, सब कुछ इतना अचानक हुआ कि हम भी कुछ समझ नहीं पाये। पिछले साल की ही बात है, भैया और भाभी दोनों ही बाइक से कहीं बाहर जाने के लिए घर से निकले ही थे कि अचानक से सामने से आते हुए ट्रक से उनकी टक्कर हो गयी और सब कुछ वहीं ख़त्म हो गया; भैया की दुर्घटनास्थल पर ही मौत हो गयी और भाभी की रीढ़ की हड्डी पर चोट लगी वो भी इस कदर कि अब वो ज़िन्दगी भर के लिए अपाहिज हो गयीं। दोस्त अब तू ही बता कि तुझे मैं क्या बताता।'' ऐसा कहते हुए ऋषभ की आँख भर आयी।

''दोस्त, मैं तेरा ग़म तो कम नहीं कर सकता लेकिन एक वादा करता हूँ तुझे कभी भाई की कमी महसूस नहीं होने दूँगा। अच्छा भाई अब मैं चलता हूँ, घर पर मम्मी इंतज़ार कर रही होंगी'' और रोहित तुरन्त ही अपने घर के लिए निकल गया।

पूरी रात रोहित को नींद नहीं आयी, उसकी आँखों के आगे तान्या का मुस्कुराता हुआ चेहरा घूमता रहा।

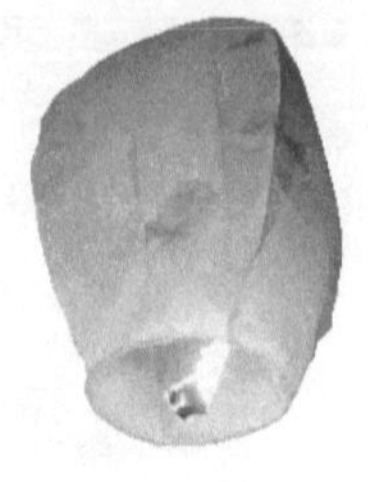

दीदार की ख्वाहिश

उस दिन के बाद से रोहित, तान्या को देखने के बहाने ढूँढ़ने लगा। वो कभी किसी बहाने तो कभी किसी बहाने से ऋषभ के यहाँ पहुँच ही जाता एक-दो बार तो वो अपनी मम्मी मंजरी को स्वर्णा से मिलवाने भी ले गया, जिससे कि वो भी तान्या को देख सकें। एक दिन तो हद ही हो गयी। घर पर रोहित की बहन श्रुति को लड़केवाले देखने आने वाले थे और वो ऋषभ के घर पहुँच गया।

"रोहित बेटा तुम यहाँ सुबह-सुबह, सब ठीक तो है ना?"

"हाँ ठीक है आण्टी, मैं तो बस ऋषभ से एक किताब लेने आया था।"

"बेटा ऋषभ तो शहर से बाहर गया हुआ है अपने पापा के साथ प्रोपर्टी देखने, तुम तो जानते हो बेटा कि रियल-एस्टेट के बिजनेस में ये सब चलता रहता है।"

"ओह हाँ बताया था उसने, माफ़ करना आण्टी मैं भूल गया।" रोहित ने साफ झूठ बोल दिया।

"कोई बात नहीं बेटा, तुम मुझे किताब का नाम बता दो मैं ले आती हूँ।" और स्वर्णा उसे ड्राईंग-रूम में बिठाकर किताब लेने चली गयी। उसके जाने के

बाद रोहित ड्राइंग-रूम से निकल लिविंग-रूम की ओर देखने लगा, इस उम्मीद में कि कहीं उसे तान्या दिखायी दे जाय।

''किसको ढूँढ़ रहे हो रोहित?'' एकाएक तान्या की आवाज़ सुन रोहित चौंक गया।

''नहीं, कुछ नहीं, मैं तो बस वो ऋषभ की किताब लेने आया हूँ।''

''अच्छा ठीक है।'' ऐसा कहकर तान्या व्हील चेयर को खिसकाती हुई अपने कमरे की ओर जाने लगी और रोहित उसे जाते हुए एकटक देखता ही रहा।

''ये लो बेटा किताब, ये ही लेने आये थे न?''

''जी आण्टी धन्यवाद।'' किताब लेकर रोहित वापिस अपने घर के लिए रवाना हो गया।

दूसरी ओर जैसे ही रोहित किताब लेकर अपने घर वापिस आया, ''कहाँ चला गया था सुबह-सुबह बिना बताये?'' मंज़री के पूछते ही,

''मम्मी... वो मैं ऋषभ के यहाँ किताब लेने...''

''अरे ऐसी क्या ज़रूरी किताब थी जो अभी जाना ज़रूरी था, कम से कम अपनी पापा की थोड़ी मदद ही करवा देता, घर पर तेरी बहन को लड़केवाले देखने आ रहे हैं।''

''लड़केवाले... कौन? मुझे क्यों कुछ नहीं बताया।''

''हे भगवान ध्यान कहाँ रहता हैं इस लड़के का, बताया तो था कि तेरे पापा के दोस्त राममोहन जी लेकर आये हैं ये रिश्ता; यश नाम हैं लड़के का।'' मंजरी ने कहा।

कुछ ही देर में यश और उसका परिवार आ गया और सारी औपचारिकताएँ हुईं। लेकिन रोहित, तान्या के ही खयालों में खोया रहा। इसके बावजूद वो मानसिक व शारिरिक दोनों ही रूपों से वहाँ मौजूद रहा, क्योंकि उसकी ज़िंदगी में अपनी बहन श्रुति की एक खास अहम्मीयत थी।

शाम को सबके जाने के बाद, ''दीदी, आपको लड़का पसन्द आया?'' रोहित के पूछते हुँ श्रुति कुछ सोच में पड़ गयी।

''हाँ ठीक है; मुझे तो सही लगा तू बता तुझे कैसा लगा?''

''आपको डर नहीं लगता शादी से?''

''लगता हैं न... बल्कि तुम लड़को का क्या है, हम लड़कियों की तो सारी ज़िन्दगी ही बदल जाती हैं अपनी पुरानी ज़िन्दगी को पीछे छोड़ नयी ज़िन्दगी में क़दम रखना पड़ता है... लेकिन फिर भी शादी तो करनी ही है न।''

''इसका मतलब इस रिश्ते के लिए आपकी तरफ से हाँ है।''

''नहीं अभी नहीं; यश ने कहा है कि अभी हमें और मुलाकातें करनी चाहिए, एक दूसरे को जानना चाहिए, फिर कोई फैसला करना चाहिए... लेकिन तू तो बता तुझे यश कैसा लगा?''

''लड़का तो सही हैं, परिवार भी सही ही लगा, बाकी तो मम्मी और पापा समझें।''

''हाँ सो तो हैं; शादी दो इंसानों को ही नहीं बाँधती बल्कि दो परिवारों को मिलाती है और इसके लिए सभी की सहमति ज़रूरी है।''

''दीदी हम शादी इसलिए करते हैं क्योंकि हमें एक साथी मिल जाय जो हमारे सुख-दुःख में हमारे साथ रहे, वो हमारा सहारा और हम उसका सहारा बनें... दीदी अगर यही साथी हमें छोड़कर चला जाय तो?''

''तेरा मतलब क्या है साफ़-साफ़ बोल।''

''दीदी, वो मेरा दोस्त है न ऋषभ।''

''हाँ तो उसका क्या?''

''आपको याद है कुछ दिन पहले मैं उसके घर गया था खाना खाने।'' और रोहित ने ऋषभ के भाई-भाभी के साथ जो घटना घटित हुई थी वो सविस्तार श्रुति को सुना दी।

''हे भगवान! ऋषभ के भाई की आत्मा को शान्ति देना और उसकी भाभी को भी दुःख को सहन करने की शक्ति देना। लेकिन रोहित तू इन सब बातों को मत सोच, तू तो बस अपना सारा ध्यान पढ़ायी पर लगा।''

''जी दीदी।'' रोहित ने कह तो दिया लेकिन उसके दिमाग से तो जैसे तान्या

का चेहरा जा ही नहीं रहा था।

कुछ दिनों बाद, ''श्रुति बेटा! क्या सोचा है तुमने यश से शादी करने के बारे में?'' मंज़री के पूछते ही,

''मेरी तरफ से हाँ है, आप उसके मम्मी-पापा से बात कर लीजिए।'' इतना कह श्रुति शरमा कर वहाँ से भाग गयी।

''हे भगवान तेरा लाख-लाख शुक्र है।'' ऐसा बड़बड़ाती हुई मंजरी, पंकज को दुकान पर फोन करने लगी और इतनी बड़ी खुशखबरी सुन पंकज जल्द ही दुकान से घर आ गये।

जब पंकज ने यश के पापा राकेश जी को फोन करके ये खुशखबरी दी तो,

''बधाई हो समधी जी यश ने भी हाँ कर दी है।'' फिर क्या था दोनो ही घरों में ज़ोर-शोर से शादी की तैयारियाँ शुरू हो गयीं।

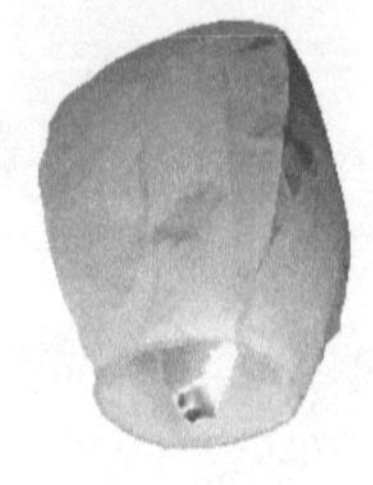

श्रुति की शादी

एक दिन सुबह पंकज ने पूरे परिवार को विचार-विमर्श करने के लिए अपने कमरे में बुलाया।

''जैसा कि आप लोग जानते हैं कि तीन महीने बाद श्रुति की शादी है, तो मैं चाहता हूँ कि हमें सारे काम आपस में बाँट लेने चाहिए जिससे कि बाद में कोई परेशानी न हो... और हाँ रोहित, यह बात ख़ास तुम्हारे लिए; हो सके तो मेहरबानी करके कुछ वक़्त के लिए ऋषभ के यहाँ जाना छोड़ दो।''

''आप बेफिक्र रहिए पापा अब मैं वहाँ नहीं जाऊँगा।''

''धन्यवाद।'' पंकज कुमार ने जैसे ताना मारा हो।

''अब ये भी बता दीजिए पापा कि किसको क्या काम करना हैं।'' श्रुति के पूछते ही।''

''किसको क्या करना है यह तो तेरे पापा बता ही देंगे, लेकिन तुझे कुछ नहीं करना।''

''कैसे नहीं करना, मैं अभी सबके काम बाँटता हूँ।'' पंकज ने मंजरी की बात को बीच में ही काटते हुए कहा।

"आप समझते क्यों नहीं हैं, दुल्हन भी भला कोई काम करती है क्या।"

"हाँ, श्रुति बैठे-बैठे सभी कार्डों पर नाम लिखने का काम करेगी, जो सामान इसके साथ जायेगा उसकी पैकिंग ये स्वयं ही करेगी।"

"हाँ यह ठीक हैं।" मंजरी ने अपनी सहमति जताते हुए कहा।

"पापा मुझे भी मेरे काम बता दो।" रोहित ने उत्साहित होते हुए कहा।

"आपको सजावट, कैटरिंग, मेहमानों के रहने का बंदोबस्त यह सब देखना हैं।"

"तो फिर हम दोनों क्या करेंगे?"

"भाग्यवान... शादी का घर है, हज़ारों काम रहते हैं, चिन्ता मत करो हमारे लिए भी काम है, हम कार्ड बाँटने का काम करेंगे, यह भी कोई कम बड़ा काम नहीं है।"

"एक मिनिट पापा, कार्ड बाँटने के बारे में ही मुझे आपसे कुछ कहना है। दरअसल इस बारे में यश और मेरी बात हुई थी, लेकिन मैं इस बारे में आप लोगों से बात करना भूल गयी। यश और मैंने मिलकर सोचा है कि हम शादी के कार्ड्स नहीं बाँटेंगे बल्कि हम अपनी शादी का कार्ड लोगों को व्हाट्सएप करेंगे।"

"अरे नहीं नहीं यह सब नहीं चलेगा।" मंजरी अचानक से ही बीच में ही बोल पड़ी।

"लेकिन मम्मी इसमें हर्ज़ ही क्या हैं?" श्रुति के कहते ही,

"हाँ मेरे हिसाब से तुम्हारी मम्मी सही कह रही हैं, कार्ड तो जाकर ही देना चाहिए।"

"पापा, आप दोनों समझ क्यों नहीं रहे हैं; अच्छा ठीक है मैं बताती हूँ कि हमें क्या करना चाहिए। देखिए सबसे पहले हम कैटेगरी के हिसाब से कार्ड्स का बँटवारा करते हैं... जैसे कि रिश्तेदार, दोस्त, आस-पड़ोस के लोग, बिज़नेस के साथी वगैरह। अब इनमें से दोस्तों को हम कार्ड व्हाट्सएप्प कर सकते हैं, बिज़नेस वाले साथियों को भी व्हाट्सएप्प कर सकते हैं... बस रिश्तेदार और आस-पड़ोस के लोगो को पर्सनली जाकर दे देंगे और इसमें भी जो रिश्तेदार

शहर से बाहर रहते हैं उनके कार्ड तो वैसे भी पोस्ट ही करने हैं। इससे काड्र्स का खर्चा भी बचेगा, पेपर भी वेस्ट नहीं होगा, क्यों पापा क्या कहते हैं आप?'' श्रुति की बात सुन पंकज सोच में पड़ गये।

''क्या हुआ क्या सोचने लगे आप।'' मंज़री के पूछते ही,

''मुझे श्रुति का आइडिया पसन्द आया, लेकिन मैं इसमें अपनी तरफ से कुछ तब्दीली करना चाहता हूँ... वो ये है कि हम एक भी कार्ड नहीं छपवायेंगे बल्कि सबको व्हाट्सऐप्प कार्ड ही भेजेंगे और कार्ड के साथ फोन पर भी बात करके न्यौता दे देंगे, क्यों कैसी रही?''

''ब्रिलियंट पापा, आप तो हमसे भी एक कदम आगे निकले।'' रोहित के कहते ही,

''क्या ख़ाक आगे निकले, सारे जानने वाले थू-थू करेंगे हमारे ऊपर... अरे ऐसी कंजूसी भी किस काम की।''

''मम्मी इसको कंजूसी नहीं पर्यावरण को बचाना कहते हैं और वो रिश्तेदार या दोस्त ही क्या जो शादी में जाने के लिए एक कागज़ के टुकड़े पर निर्भर रहते हों।''

''बात तो पते की कही है हमारी बेटी ने, क्यों मंजरी!''

''ठीक है मुझे मंजूर है।'' अब मंजरी को भी श्रुति की बात सही लगी।

''मुझे भी कुछ कहना है।''

''हाँ आप ही बचे थे, आप भी कुछ बोल लीजिए।'' पंकज ने रोहित को छेड़ते हुए कहा।

''मैं सोच रहा था कि जिन रिश्तेदारों से हम सालों से मिले भी नहीं हैं, जिन्हें हम जानते तक नहीं, जो हमें पहचानते तक नहीं, उन्हें बुलाना क्या ज़रूरी है?'' रोहित की बात सुन श्रुति, पंकज और मंजरी तीनों एक-दूसरे की ओर देखने लगे।

''क्या हुआ, क्या सोचने लगे आप लोग, मैंने कुछ गलत बोल दिया क्या?''

''नहीं बेटा गलत तो नहीं बोला, लेकिन समाज में रहना है तो रिश्ते भी

निभाने ही पड़ेंगे, इस बात से कोई फ़र्क नहीं पड़ता कि हम उन रिश्तेदारों से कितने वक़्त से नहीं मिले हैं।''

''नहीं मम्मी मैं आपकी बात से बिलकुल भी सहमत नहीं हूँ, मेरे हिसाब से रोहित सही कह रहा है; हमें एक सीमा बना लेनी चाहिए कि इतने रिश्तेदारों को ही शादी में बुलाना है न कि सभी को।''

''हाँ वैसे इसमें कुछ बुराई नहीं है।'' पंकज के कहते ही...

''आप तो चुप ही रहिए, बिन पेंदे का लोटा हैं आप, मेरे सामने तो उन रिश्तेदारों को भी बुलाने की बात कर रहे थे जिन्हें मैंने भी कभी नहीं देखा।''

''हाँ लेकिन अब मैं समझ गया हूँ तो तुम क्यों गड़े मुर्दे उखाड़ रही हो, मेरे हिसाब से हम इस मुद्दे पर भी विचार कर सकते हैं।'' पंकज के कहते ही,

''तो ठीक है जिन रिश्तेदारों को बुलाना है उनकी लिस्ट मैं बना दूँगी।'' श्रुति ने कहा।

''लगता है यह एक अनोखी शादी होगी।''

''अनोखी तो होनी ही है भाई, तेरी बहन की शादी जो है।'' ऐसा बोलते ही रोहित और श्रुति दोनों ने एक-दूसरे को हाई फाइव दिया। इसके बाद दिन यूँ ही शादी की तैयारियों में गुजरने लगे। लेकिन पंकज से वादा करने के बावजूद रोहित एक दिन ऋषभ के घर चला ही गया, क्योंकि वहाँ जाने से उसे तान्या को देखकर सुकून जो मिलता।

''नमस्ते!''

''अरे रोहित तुम... आओ आओ, बताओ कैसे आना हुआ।'' घर के बगीचे में अपनी व्हील-चेयर पर बैठी पेड़-पौधों को निहारती तान्या एकाएक ही रोहित की आवाज़ सुन चौंक गयी।

''भाभी, वो ऋषभ आज कॉलेज नहीं आया था तो... मेरा मतलब है सब ठीक तो है न?''

''हाँ हाँ सब ठीक है... ऋषभ को आज थोड़ा बुखार था इसलिए कॉलेज नहीं गया, तुम जाकर उससे कमरे में मिल लो।'' ऐसा कह तान्या फिर से पेड़-पौधों को निहारने लगी और रोहित उसे देखता रहा।

"रोहित तू यहाँ...!" अचानक से ऋषभ की आवाज सुन रोहित चौंक गया।

"हाँ तुझसे ही मिलने आया था, अभी तेरे कमरे में ही आ रहा था; भाभी बता रही हैं कि तेरी तबीयत ठीक नहीं है।"

"कुछ नहीं यार बस थोड़ा-सा बुखार है। और तू बता क्या हुआ आज कॉलेज में?" और फिर वहीं बगीचे में बैठ रोहित, ऋषभ को कॉलेज की बातें बताने लगा लेकिन उसकी निगाहें बार-बार तान्या की ओर चली ही जातीं। जान-बूझकर या अनजाने में बातों का दौर इतना लम्बा चला कि वक़्त का पता ही नहीं चला और डिनर का समय हो गया।

"ऋषभ बेटा! आ जाओ खाना खा लो और अपनी भाभी को भी ले आओ।" स्वर्णा की आवाज़ सुन,

"बहुत देर हो गयी है ऋषभ बातों में वक़्त का पता ही नहीं चला, जा तू खाना खा मैं घर के लिए निकलता हूँ।"

"आया हुआ है तो तू भी हमारे साथ ही खाना खा ले।"

"नहीं यार मम्मी घर पर इंतज़ार कर रही होंगी, फिर कभी खाऊँगा आण्टी के हाथ का खाना।" लेकिन रोहित मन ही मन तो यही चाहता था कि वो भी वही खाना खाये, जिससे कि उसे कुछ वक़्त और तान्या को देखने का मौका मिल जाय।

"रोहित तुम कब आये और किसी ने मुझे कुछ बताया क्यों नहीं।" स्वर्णा ने रोहित को वहाँ देख सवालों की बौछार कर दी।

"आण्टी शाम को आया था, बस अब निकलता हूँ घर के लिए।"

"आये हो तो बेटा खाना खाकर ही जाना।"

"नहीं आण्टी बस धन्यवाद।"

"मुझसे बहस नहीं, दोनों चुपचाप खाने की टेबल पर आ जाओ।" ऐसा कहते हुए स्वर्णा, तान्या की व्हील-चेयर खिसकाती हुई अंदर ले जाने लगी।

"हाँ रोहित, मम्मी जी ठीक ही तो कह रही हैं, आये हो तो खाना खाकर ही जाओ।" इस बार आग्रह तान्या ने किया था इसलिए रोहित ने भी ज्यादा ना-नुकुर नहीं की और ऋषभ के परिवार के साथ चुपचाप खाना खाने बैठ गया।

लेकिन आज रोहित के वहाँ होने से कोई भी खुश नहीं था और यह बात रोहित को भी महसूस हुई, इसलिए वो जल्द ही खाना खाकर वहाँ से रवाना हो गया।

"यह रोहित आज क्यों आया था?" ऋषभ के पापा रजत ने स्वर्णा से पूछा।

"होगा कुछ काम उसको ऋषभ से; शायद आज ऋषभ कॉलेज नहीं गया इसलिए पूछने आया होगा।"

"जो भी बात करनी थी वो फोन पर भी तो की जा सकती थी।"

"हाँ वो तो ठीक है लेकिन आज आप इतना क्यों चिड़चिड़ा रहे हैं?"

"स्वर्णा मैं चिड़चिड़ा नहीं रहा हूँ, लेकिन पता नहीं क्यों मुझे इस लड़के का यहाँ आना अच्छा नहीं लगता।"

"ठीक है आप परेशान मत हों मैं ऋषभ से बात करती हूँ।" स्वर्णा ने रजत को शांत करने के इरादे से कहा।

दूसरी ओर रोहित के घर पर," कहाँ गया हुआ था?"

"ऋषभ के यहाँ, उसकी तबीयत ठीक नहीं हैं तो पूछने गया था।"

"फोन पर भी तो पूछ सकता था जाना ज़रूरी था क्या; तूने अपने पापा से वादा किया था न कि जब तक तेरी बहन की शादी नहीं हो जाती तू ऋषभ के यहाँ नहीं जायेगा, अच्छा चल खाना खा ले।"

"मम्मी वो मैं ऋषभ के यहाँ खाकर आया हूँ।"

"रोहित बेटा, पता नहीं क्यों मुझे ऐसा लगने लगा है कि तू खुद के घर से ज्यादा ऋषभ के यहाँ वक़्त बिताने लगा है।"

"नहीं मम्मी ऐसी कोई बात नहीं है, पता नहीं आपको ऐसा क्यों लगा।" मंज़री काफी हद तक सही कह रही थी, यह बात कहीं ना कही रोहित भी मानता था, लेकिन वो यह बात दिल से स्वीकार करने को तैयार नहीं था।

उस रात रोहित पूरे समय बस यही सोचता रहा कि क्यों उसके कदम बार-बार ऋषभ के घर की ओर बढ़ जाते हैं, क्यों उसकी निगाहें सिर्फ तान्या को ही ढूँढ़ती हैं... क्या उसे प्यार हो गया है? यह विचार मन में आते ही रोहित झटके के साथ पलँग से उठकर खड़ा हो गया।

‘‘क्या हुआ एकदम से खड़ा क्यों हो गया, तबीयत तो ठीक है न तेरी।’’

‘‘हाँ दीदी बस वाशरूम जाना था।’’ रोहित ने उस वक़्त तो श्रुति से बहाना बना दिया, लेकिन वाशरूम में जाकर सोचने लगा।

क्या हो गया हैं मुझे। तान्या, ऋषभ की भाभी हैं, उम्र में मुझसे बड़ी भी और मुझे तो अभी पढ़ाई करनी है, अपने पैरों पर खड़ा होना है। नहीं ये प्यार नहीं कुछ और है मुझे इस बारे में ज्यादा नहीं सोचना चाहिए बल्कि शादी की तैयारियों में पापा की मदद करनी चाहिए।

रोहित ने जैसे अपने-आप से वादा किया और कुछ ही देर बाद वो वापिस अपने पलँग पर आकर लेट गया। लेकिन नींद अभी भी उसकी आँखों से कोसों दूर थी... शायद इसलिए क्योंकि उसने जो अभी फैसला किया था उसमें उसका दिमाग तो उसके साथ था, पर दिल नहीं। उस पूरी रात रोहित सोया नहीं बल्कि खुद को यही समझाता रहा कि उसका दिल जो सोच रहा हैं वो ग़लत है।

श्रुति की शादी की तैयारियों में वक़्त कैसे गुज़र गया पता ही नहीं चला और वो दिन भी आ गया जब शादी होनी थी।

घर मेहमानों से भरा पड़ा है। पंकज और मंजरी को तो बैठने तक की फुर्सत नहीं। शादी की तैयारियाँ करते-करते रोहित कुछ ही दिनों में बड़ा-सा लगने लगा था। श्रुति के कमरे में सौन्दर्य-प्रसाधिका उसे तैयार करने में लगी थी और वहीं उसकी सहेलियाँ बैठी हुई थीं। कोई उसकी मेहँदी की तारीफ़ करते नहीं थक रही थी तो कोई उसके शादी के जोड़े की... और यश का नाम लेकर उसे चिढ़ाने का सिलसिला तो थम ही नहीं रहा है और श्रुति तो जैसे शरम से लाल हुई जा रही है।

‘‘अरे लड़कियों, इधर-उधर की बातों में क्यों समय ख़राब कर रही हो, दो घण्टे में बारात आकर दरवाज़े पर खड़ी हो जायेगी, तुम क्यों नहीं श्रुति को तैयार होने देती।’’ मंजरी के कहते ही,

‘‘आप क्यों चिन्ता करती हैं आण्टी, अगर थोड़ी-बहुत देर हो भी गयी तो क्या हुआ, आज तो हमारी दुल्हनियाँ का दिन है, दूल्हे राजा को थोड़ा इंतज़ार तो करना ही पड़ेगा।’’

‘‘तुम्हारी जो मर्ज़ी हो वो करो, लेकिन ये ध्यान रखना कि अगर तुम्हारे अंकल नाराज़ हुए तो मैं तुम्हें आगे कर दूँगी।’’

''मंज़ूर हैं आण्टी बस आप बेफ़िक्र होकर जाइए।'' फिर क्या था, श्रुति की सहेलियाँ शादी के गीत गाते हुए सौन्दर्य-प्रसाधिका की उसको तैयार करने में मदद करने लगीं और देखते ही देखते वो वक़्त भी आ गया जब यश बरात लेकर दरवाज़े पर खड़ा था।

''मैं अभी देखकर आयी हूँ हमारे दूल्हे राजा तो कमाल लग रहे हैं; श्रुति यार सच कह रही हूँ अभी भी मौका है मना कर दे मैं शादी कर लूँगी।'' श्रुति की एक सहेली के कहते ही,

''बकवास बंद कर अगर श्रुति ने मना किया तो यश पर पहला हक़ मेरा होगा।'' इतने में ही एक दूसरी सहेली बोल पड़ी। इसी हँसी-मज़ाक के बीच शादी की एक-एक करके सभी रस्में पूरी होती चली गयीं और वो समय भी आ गया जब श्रुति की विदाई होनी थी। पंकज की आँखों में नमी है एवं वो हाथ जोड़े लड़के वालों के सामने खड़े हैं।

''यश बेटा! अगर मेरी बेटी से कोई ग़लती हो जाय तो उसे माफ़ कर देना, हो सके तो इतना अपनापन देना कि उसे कभी हमारी याद ही न आये।''

''यह क्या कह रहे हैं पापा आप, भला ऐसा हो सकता है क्या कि मुझे आप लोगों की याद ही न आये।'' ऐसा कहते ही श्रुति, पंकज के गले लगकर रोने लगी और फिर मंजरी के। लेकिन रोहित कहीं भी नज़र नहीं आ रहा था।

''रोहित! रोहित कहाँ है, मैं उससे मिले बिना नहीं जाऊँगी... मम्मी, रोहित कहाँ है?'' उस वक़्त वहाँ खड़ा प्रत्येक व्यक्ति रोहित को ढूँढ़ने लगा। थोड़ी देर तक ढूँढ़ने की कोशिश करने के बाद,

''रोहित भाई तू यहाँ छत पर क्या कर रहा हैं, विदा नहीं करेगा अपनी बहन को।'' छत के एक कोने में बैठकर सुबकते हुए रोहित से श्रुति ने कहा।

''दीदी आप मत जाओ न मुझे छोड़कर, मैं कैसे रहूँगा आपके बिना।''

''ये कैसी बातें कर रहा है, भला तुझे छोड़कर भी जा सकती हूँ मैं कभी; भाई मेरा घर बदल रहा हैं केवल और यहाँ तो आती ही रहूँगी न और तू भी जब चाहे वहाँ आ जाया करना, तेरी बहन का घर भी तो तेरा ही हुआ न।'' इतना सुनते ही रोहित, श्रुति के गले लगकर फूट-फूटकर रोने लगा।

''अरे साले साहब, इतना भी मत रोइए कि आपकी बहन को अपने साथ ले

जाने का इरादा ही छोड़ दूँ।'' यश के छोटे से मज़ाक ने थोड़ी देर पहले बोझिल हुए माहौल को एकदम से ही हल्का कर दिया और फिर कुछ ही देर में श्रुति विदा होकर अपने ससुराल के लिए रवाना हो गयी।

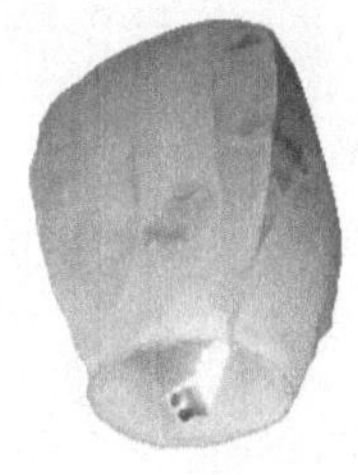

मिलने का बहाना

तक़रीबन पिछले दो महीने से तान्या से नहीं मिलने की वजह से अब रोहित कुछ बैचेन होने लगा। क्या करे क्या न करे कुछ नहीं समझ पा रहा था। क्या बहाना बनाकर वो ऋषभ के घर मिलने जाये वो ये सब सोच ही रहा था कि अचानक से एक खयाल आया और वो तुरंत मंज़री के पास पहुँच गया।

''मम्मी! मैं सोच रहा था कि क्यों न ऋषभ के यहाँ दीदी की शादी की मिठाई दे आऊँ, उसके यहाँ से कोई भी शादी में आया नहीं था न इसलिए।''

''तू ये क्यों नहीं बोलता कि तुझे ऋषभ से मिलने की बैचेनी हो रही है।''

''मम्मी तुम भी न, अच्छा रहने दो नहीं जाता।''

''अरे बेटा मैं तो मज़ाक कर रही हूँ, जा ले जा मिठाई, मेरे लिए तो इतना ही काफी है कि तूने अपनी बहन की शादी की तैयारियों के दौरान एक बार भी ऋषभ के यहाँ जाने का नाम नहीं लिया, बस एक बार को छोड़कर।''

''अच्छा मम्मी अब मैं चलता हूँ, जल्दी ही लौट आऊँगा।'' रोहित ने मंजरी की कही सभी बातों को नज़रअंदाज़ किया और फटाफट जाने के लिए तैयार हो गया।

''ये लड़का भी न ग़ज़ब है।'' और मंज़री मुस्कुराने लगी।

दूसरी ओर रोहित के ऋषभ के घर पहुँचते ही, ''अरे रोहित तू, बता यार कैसे आना हुआ, मैं तो तेरे घर आने के बारे में सोच रहा था, आण्टी-अंकल को दीदी की शादी की बधाई भी दे देता और शादी की मिठाई भी खा आता।''

''दोस्त मैं तेरे लिए शादी की मिठाई ही लेकर आया हूँ।''

''अरे वाह, क्या बात है, अब मैं किसी और दिन तेरे घर आऊँगा और उस दिन मिठाई नहीं आण्टी के हाथ का बना खाना खाऊँगा।''

''बिलकुल दोस्त तेरा ही घर है कभी भी आ जाना, वैसे आण्टी नहीं दिखायी दे रहीं।'' रोहित ने चारों ओर अपनी नज़रें घुमा तान्या को तलाशते हुए पूछा।

''हाँ वो मम्मी, भाभी को लेकर डॉक्टर के पास गयी हैं भाभी के रूटीन चेक-अप के लिए।''

''आण्टी कब तक वापिस आ जायेंगी?''

''पता नहीं, कुछ कह नहीं सकते, अभी थोड़ी देर पहले ही निकली हैं; क्यों कोई ज़रूरी काम था क्या?''

''नहीं नहीं मैं तो वैसे ही पूछ रहा था, चलो कोई बात नहीं आण्टी से मिलने कभी और आ जाऊँगा।'' उस दिन रोहित, तान्या को नहीं देख पाया, जिस वजह से वो बहुत दुःखी रहा और फिर से ये सोचने में उलझ गया कि अब अगली बार किस बहाने से आये। फिर अचानक ही उसके ज़ेहन में एक खयाल आया जिसे सोच वो एकदम से उछल पड़ा।

''यस! यस! यस!''

''क्या हुआ रोहित इतना क्यों उछल रहा है?''

''यार ऋषभ मेरे दिमाग में एक आइडिया आया है, मुझे पूरी उम्मीद है कि वो तुझे भी पसंद आयेगा।''

''वो क्या भला?''

''देख, हमारे फर्स्ट इयर के फाइनल इम्तिहान नज़दीक आ रहे हैं तो क्यों न

हम दोनों साथ मिलकर पढ़ाई करें।''

''ठीक है, विचार तो अच्छा है; तो फिर मैं कल तेरे घर आता हूँ स्टडी के लिए।''

''नहीं दोस्त, तू नहीं मैं आता हूँ तेरे यहाँ। दरअस्ल बात ये कि दोस्त तेरा घर कॉलेज़ के नज़दीक है, तो हम कॉलेज़ खत्म करने के बाद सीधा तेरे घर आ जाया करेंगे पढ़ने के लिए।'' ऋषभ को रोहित का ये आइडिया पसंद नहीं आया, क्योंकि वो जानता था कि रजत को रोहित का आना बिलकुल भी पसंद नहीं... फिर भी रोहित ने उसे कुछ इस तरह से कनवेंस किया कि वो रोहित के उसके यहाँ आने के लिए मान गया।

अगले दिन, ''रोहित बेटा तेरे फर्स्ट-इयर के फाइनल इम्तिहान नज़दीक आ रहे हैं इधर-उधर घूमने के बजाय अपनी पढ़ाई पर ध्यान देगा तो बेहतर होगा।'' मंजरी ने रोहित को समझाते हुए कहा।

''हाँ मम्मी इसीलिए मैंने और ऋषभ ने साथ पढ़ायी करने के बारे में सोचा है... मैं आज कॉलेज़ के बाद उसके यहाँ जाने वाला हूँ।''

''हे भगवान इस लड़के को तो बस ऋषभ के यहाँ जाने का बहाना चाहिए।'' मंजरी ने अपने आप से बड़बड़ाते हुए कहा।

शाम को कॉलेज के बाद ऋषभ के यहाँ, ''नमस्ते आण्टी!''

''नमस्ते रोहित बेटा, आओ आओ कैसे हो, कैसी रही तुम्हारी बहन की शादी?''

''सब कुछ अच्छे से हो गया आण्टी, अगर आप लोग आते तो अच्छा लगता; वैसे मैं कल आया था शादी की मिठाई देने।''

''अरे बेटा, वो ऋषभ ने तुम्हें बताया तो था कि मेरी बहन के बेटे की शादी में जाना है बस इसलिए नहीं आ पाये।''

''जी आण्टी कोई बात नहीं; वैसे ऋषभ कहाँ हैं आण्टी?''

''अंदर अपने कमरे में, जाओ जाकर मिल लो।''

''जी आण्टी'' और रोहित, ऋषभ के कमरे की ओर चल पड़ा। लेकिन उसकी नजरें तान्या को ढूँढ़ रही थीं। तान्या को देखने की उसे एक अजीब-सी

बेचैनी हो रही थी, लेकिन वो कही भी नहीं दिखायी दी।

"अरे रोहित तू आ गया... चल आ जा यार मैं तेरा ही इंतज़ार कर रहा था।" रोहित, ऋषभ के साथ उसके कमरे में जा ही रहा था कि अचानक से,

"ऋषभ! तुमसे कहा था मेरी दवाई लाने के लिए, लेकर आये या नहीं?" तान्या की आवाज़ रोहित के कानों में पड़ते ही उसे एक अजीब से सुकून का एहसास हुआ।

"माफ़ करना भाभी, भूल गया, आप बस दस मिनट का टाइम दो मैं अभी लेकर आता हूँ।" ऋषभ के कहते ही,

"क्या हुआ भाभी को?" रोहित के स्वर में घबराहट थी।

"कुछ ख़ास नहीं, बस कल डॉक्टर ने दवाई बतायी थी वो ही लानी थी, तू चल रहा है मेरे साथ?" कुछ सोचने के बाद,

"नहीं तू जा मैं यहीं बैठा हूँ।"

"ठीक है जैसे तेरी मर्ज़ी।" ऐसा कहते ही ऋषभ दवाई लेने के लिए निकल पड़ा। लेकिन रोहित वहीं खड़ा रह गया। कुछ समझ नहीं आ रहा था कि क्या करे। तान्या से मिलना चाहता था, लेकिन कदम आगे बढ़ ही नहीं रहे थे।

"रोहित, क्या हुआ, खड़े क्यों हो बैठ जाओ, ऋषभ थोड़ी देर में आता ही होगा।"

"भाभी क्या आपकी तबीयत ठीक नहीं है?" सब कुछ जानते हुए भी रोहित ने तान्या से उसके हालचाल पूछे जिससे कि वो उसके साथ कुछ बातें कर सके।

"नहीं सब ठीक है; वैसे अब तो तुम्हारे एग्जाम भी नजदीक आ रहे हैं, लगता हैं तुम ऋषभ के साथ स्टडी करने आये हो।"

"जी"

"चलो ठीक है मन लगाकर पढ़ाई करो, तुम तो जानते ही हो कि आजकल कॉम्पिटिशन कितना ज्यादा है, बहुत ही मुश्किल से नौकरी मिलती है।"

"जी भाभी, वैसे आपकी क्या एजुकेशन है?"

"मेरी... मैंने केवल बी.ए. फर्स्ट ईयर तक ही पढ़ाई की है और सेकेण्ड

इयर की शुरूआत में कुछ ही महीने कॉलेज जा पायी थी।

"तो फिर आपने अपनी पढ़ाई पूरी क्यों नहीं की?" रोहित ने आश्चर्य से पूछा।"

"मैं और सुमित फर्स्ट इयर में थे जब हमें प्यार हुआ, लेकिन न जाने कैसे मेरे भाई को हमारे बारे में पता चल गया। फिर क्या था मेरी पढ़ाई छुड़वा दी गयी। सुमित तो आगे पढ़ता रहा लेकिन मुझे घर बिठा दिया गया। बहुत मिन्नतें की मैंने अपने घरवालों से, यहाँ तक भी कहा कि मैं घर पर पढ़ाई कर लूँगी बस प्राइवेट एग्ज़ाम दिलवा दो, लेकिन किसी ने मेरी बात नहीं सुनी।"

"तो फिर आपकी और भैया की शादी कैसे हुई...?"

"हमारा मिलना बंद हुआ था, फोन पर तो हम चोरी-चुपके बात कर ही लेते थे। सुमित और मैंने पूरी प्लानिंग करके भागकर शादी की थी... लेकिन हमारा ये फैसला गलत था, हमें कोई भी कदम उठाने से पहले अपनी पढ़ाई पूरी करनी चाहिए थी।"

"तो फिर आप शादी के बाद पढ़ाई पूरी कर लेते।"

"हाँ बात तो तुम्हारी सही है, लेकिन हालात ही कुछ ऐसे हुए कि पढ़ाई पूरी हो ही नहीं पायी।" जैसे तान्या ने अपना दर्द बयान किया हो। रोहित को समझ नहीं आ रहा था कि क्या कहे... फिर न जाने क्यों अचानक से उसके मुँह से निकल गया।

"आप फिर से अपनी पढ़ाई कण्टीन्यू क्यों नहीं करतीं, मैं हूँ न मैं आपको छोड़कर और लेकर आया करूँगा।" रोहित के मुँह से जैसे उसके दिल की बात निकल गयी।

"अरे नहीं नहीं पागल हो गये हो क्या; तुम अपनी पढ़ाई पर ध्यान दो मेरा क्या है अब तो वैसे भी ज्यादा जीने की कोई तमन्ना नहीं रही।"

"ऐसा मत बोलिए सुनकर अच्छा नहीं लगता।" तान्या के मुँह से निराशा भरी बातें सुन रोहित को बहुत ही बुरा लगा... जैसे किसी अपने के छोड़कर जाने का एहसास हुआ हो। लेकिन उसने मन ही मन फैसला किया कि वो किसी दिन मौका देखकर ऋषभ से तान्या की एजुकेशन के बारे में बात ज़रूर करेगा।

"ये लीजिए भाभी आपकी दवाइयाँ।" इतने में ही ऋषभ आ गया।

''थैंक्स ऋषभ एण्ड सॉरी, मेरी वजह से तुम्हें परेशानी हुई।''

''नहीं भाभी ऐसी कोई बात नहीं हैं। वैसे रोहित तू यहाँ कमरे के बाहर क्या कर रहा है, अंदर कमरे में बैठा क्यों नहीं, अच्छा भाभी अब हम चलते हैं, कोई ज़रूरत हो तो बुलवा लीजिएगा।'' ऐसा कहते हुए ऋषभ, रोहित का हाथ पकड़ अपने साथ ले गया। लेकिन तान्या को आज कुछ अच्छा महसूस हो रहा है। अपने पति सुमित के जाने के बाद आज पहली बार किसी से बात करके तान्या को अपनेपन का एहसास हुआ।

दूसरी ओर आज रोहित का मन पढ़ाई में नहीं लग रहा था। बार-बार तान्या का चेहरा उसकी आँखों के सामने घूम रहा था। आज पहली बार जो उसने तान्या से इतनी सारी बातें की थी। ''क्या हुआ रोहित क्या सोचने लगे?''

''नहीं कुछ भी तो नहीं।''

''तो मेरी बात का जवाब क्यों नहीं दे रहा?''

''बात... कौन सी बात?''

''अरे दोस्त मैंने जो अभी सवाल पूछा उसका जवाब; लगता है तुम्हें नींद आ रही है, अच्छा जाओ घर जाकर आराम करो बाकी की पढ़ाई कल कर लेंगे।''

''नहीं नहीं ऐसी कोई बात नहीं है, तुम दुबारा पूछ लो, शायद मेरा ध्यान कहीं और था।''

''शायद नहीं यकीनन तुम्हारा ध्यान कहीं और था, चलो कोई बात नहीं, वैसे किसी लड़की का चक्कर है क्या!'' ऋषभ ने रोहित का मज़ाक बनाते हुए कहा।

''हट ये क्या बकवास कर रहा है!'' रोहित कुछ ऐसे सकपका गया जैसे कि उसकी चोरी पकड़ी गयी हो।

''बकवास नहीं दोस्त, जिस कदर तू खयालों में खोया था मुझे तो इश्क़-विश्क का ही चक्कर लग रहा है।''

''अच्छा अब तेरी बकवास बंद हो गयी हो तो पूछ क्या सवाल पूछ रहा था।'' इसके बाद दोनों दोस्त काफी देर तक साथ ही पढ़ते रहे और टाइम का पता ही नहीं चला कि रात के आठ बज चुके हैं।

''अच्छा ऋषभ अब मैं चलता हूँ, बहुत देर हो चुकी है।''

''खाने का टाइम हो रहा है खाना खाकर ही जाना।''

''नहीं घर पर मम्मी इंतज़ार कर रही होंगी... वैसे भी अब तो मैं रोज़ाना ही तेरे घर पढ़ने के लिए आऊँगा, कभी भी खाना खा सकता हूँ।'' ऐसा कहते हुए रोहित वापिस जाने के लिए बाहर की ओर निकलने लगा और ऋषभ ने भी ज्यादा ज़ोर-जबरदस्ती नहीं की, क्योंकि वो रोहित के प्रति अपने पापा की नाराज़गी से वाकिफ था। लेकिन इतने में ही...

''रोहित, घर जा रहे हो?'' पलटकर देखा तो तान्या थी।

''जी''

''खाना खाकर जाना, हमें अच्छा लगेगा, आज मम्मी जी ने भिण्डी की सब्जी बनायी है, जानते हो मम्मी जी भिण्डी की सब्जी बहुत अच्छी बनाती हैं तुम भी तो कुछ बोलो ऋषभ।''

''मैंने तो कहा था भाभी, लेकिन ये जनाब मानें तब न।'' ऋषभ को न चाहते हुए भी बोलना पड़ा।

''अब मैंने कहा है न ज़रूर मानेगा; क्यों मानोगे न रोहित।''

''जी'' रोहित, तान्या के आग्रह को मना नहीं कर पाया और ऋषभ के परिवार के साथ खाना खाने बैठ गया।

कुछ देर बाद रोहित के जाते ही, ''मैंने कितनी बार कहा है कि मुझे ये लड़का बिलकुल भी पसन्द नहीं है तुम सबके समझ में क्यों नहीं आती हैं यह बात!'' रजत ने लगभग चिल्लाते हुए कहा।

''लेकिन मेरी समझ में यह नहीं आता है कि आपको परेशानी क्या है इस लड़के से।'' स्वर्णा के पूछते ही,

''पता नहीं लेकिन इस लड़के को देखकर कुछ अच्छा महसूस नहीं होता।''

''चलिए छोड़िए, आप ज्यादा थके हुए हैं शायद इसलिए कुछ उखड़े-उखड़े से हैं, अपने कमरे में जाकर आराम कर लीजिए।'' स्वर्णा ने बात ख़त्म करने के इरादे से कहा। लेकिन वहीं पर बैठी तान्या को आज पता नहीं क्यों अपने ससुर का रोहित के ख़िलाफ़ बोलना बिलकुल भी अच्छा नहीं लगा...

शायद इसलिए क्योंकि सुमित के जाने के बाद आज पहली बार किसी ने उससे अपनेपन से बात की और वो रोहित में एक अच्छा दोस्त तलाशने लगी। लेकिन अपने पापा की नाराज़गी देख ऋषभ को ये फैसला ज़रूर करना पड़ा कि अब उसे कोई न कोई बहाना बनाकर रोहित को यहाँ आने के लिए मना करना ही पड़ेगा। इसी वजह से अगले दिन,

"यार रोहित एक बात कहनी थी प्लीज़ तू बुरा मत मानना।"

"क्या हुआ ऋषभ।"

"दोस्त दरअस्ल बात ये है कि मैंने हमेशा अकेले में बैठकर पढ़ाई की है तो मैं किसी के भी साथ पढ़ाई करने में असहज महसूस करता हूँ।"

"इसका मतलब तू ये कहना चाहता है कि मैं तेरे घर साथ पढ़ने के लिए नहीं आऊँ...।"

"देख दोस्त मेरी मजबूरी को समझने की कोशिश कर।"

कुछ सेकेण्ड सोचने के बाद रोहित ने दबी-दबी आवाज़ में कहा, "ठीक है, नहीं आऊँगा, कभी-कभार मिलने तो आ सकता हूँ न?"

"रोहित क्यों शर्मिंदा कर रहा हैं मुझे... कभी भी आ मेरे घर के दरवाज़े तेरे लिए हमेशा खुले हैं।" ऐसा कहते ही ऋषभ ने रोहित को अपने गले से लगा लिया। न चाहते हुए भी उसे अपने दोस्त को अपने यहाँ आने के लिए मना करना पड़ा इस बात का ऋषभ को बहुत ही बुरा लग रहा था।

इसके बाद रोहित अपने घर रहकर पढ़ाई करता और ऋषभ अपने घर पर। इस दौरान एक-दो बार रोहित, ऋषभ के यहाँ गया ज़रूर और उसकी तान्या से मुलाकात भी हुई... इतना ही नहीं बल्कि तान्या ने इस दौरान रोहित से बहुत सारी बातें भी की क्योंकि अब उसे रोहित से बातें करना अच्छा लगने लगा था। लेकिन रजत के काम पर से वापिस लौटने से पहले ही ऋषभ उसे किसी ना किसी बहाने से वापिस भेज दिया करता। ये बात रोहित को कुछ अजीब भी लगती, लेकिन इस डर से कि कहीं उसका तान्या से मिलना ही बंद न हो जाये उसने कुछ नहीं पूछा। लेकिन तान्या अपने आप को नहीं रोक पायी और उसने एक दिन ऋषभ से पूछ ही लिया, "ऋषभ! ये आजकल रोहित ने हमारे यहाँ आना कुछ कम नहीं कर दिया है, कोई बात हुई है क्या?"

''हाँ भाभी, दरअसल बात ये है कि मैं ही नहीं चाहता कि रोहित अब अपने यहाँ ज्यादा आये इसलिए मैंने बहाना बना दिया कि मुझे अकेले बैठकर पढ़ना अच्छा लगता है।''

''लेकिन क्यों ऋषभ...?''

''आप तो जानती हैं न भाभी कि पापा को रोहित का आना बिलकुल भी पसंद नहीं है और मुझसे पापा का बार-बार रोहित के बारे में भला-बुरा कहना अच्छा नहीं लगता; किसी दिन वो उसे ही कुछ न बोल दे बस इसी डर से मैं नहीं चाहता कि वो हमारे यहाँ ज्यादा आये।''

''बात तो तुम्हारी सही है ऋषभ, लेकिन मेरी तो समझ ही नहीं आता कि पापा जी को रोहित से प्रॉब्लम क्या है।'' तान्या की आवाज़ में रोहित से नहीं मिल पाने का दर्द साफ महसूस हो रहा था, लेकिन वो कर भी क्या सकती थी... उसे तो ये भी नहीं पता था कि वो क्यों रोहित को मिस कर रही है इसी प्रकार एक महीना गुज़र गया।

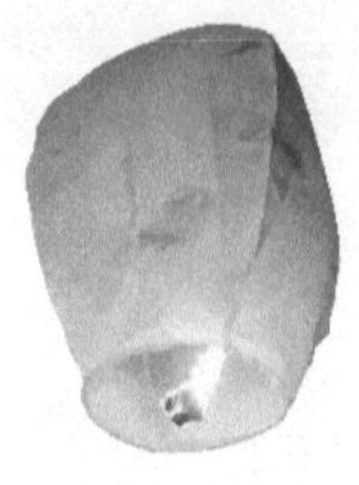

लम्बी जुदाई

आज रोहित का पहला एग्जाम है। मंजरी सुबह से ही उसे नसीहत देने में लगी है। ''बेटा अच्छे से एग्जाम देना, इधर-उधर किसी की नकल मत करना और न ही किसी को करने देना।''

''मम्मी आप भी न छोटी-छोटी बातों पर कितनी नसीहत देती हो, मैं अब बड़ा हो गया हूँ सब समझता हूँ।''

''हूँ... बड़ा हो गया हूँ, अपने सामान तक का तो होश नहीं रहता और फिर कहता है बड़ा हो गया हूँ।''

''क्या हो रहा है भई कोई हमें भी तो कुछ बताओ।'' इतने में ही वहाँ पंकज आ गये।

''कुछ नहीं पापा बस यह फैसला नहीं हो पा रहा हैं कि मैं बड़ा हुआ हूँ या नहीं।''

''मैं दावे के साथ कह सकता हूँ कि तुम्हारी माँ की नज़रों में तो तुम अभी छोटे ही हो, उसका बस चले तो तुम्हें अभी गोदी में उठा ले।'' पंकज ने हँसते हुए कहा।

''हो गया आपका, कुछ भी बकवास करने लग जाते हैं; चलिए बैठिए आपका नाश्ता लगा देती हूँ फिर दुकान भी तो जाना है।''

''हाँ दुकान तो जाना है पर पता नहीं क्यों आज मन कुछ अच्छा नहीं है, कुछ काम करने का मन ही नहीं है।''

''आलसी हो गये हैं आप, दुकान जाकर बैठेंगे तो अपने आप ही काम करने का मन हो जायेगा, घर पर रहे तो मुझे शान्ति से ही नहीं बैठने देंगे।''

''अच्छा बाबा जाता हूँ, तुम्हें तो मेरा साथ एक पल के लिए भी नहीं भाता हैं आजकल! वो जवानी के दिन भी क्या दिन थे जब तुम कहा करती थी अजी सुनते हो शाम को जल्दी आ जाना मैं तुम्हारा इंतज़ार करूँगी।''

''हाँ उस समय नयी-नयी शादी हुई थी न इसलिए ऐसा था, अब सारा फ़ितूर उड़नछू जो हो गया।'' मंजरी ने पंकज को चिढ़ाते हुए कहा।

''क्या मतलब है तुम्हारा मंज़री ?''

''अच्छा मम्मी अब मैं निकलता हूँ।''

''अच्छा बेटा बेस्ट ऑफ लक, एग्जाम अच्छे से देना।''

''जी मम्मी।'' रोहित ने पंकज और मंजरी के पैर छूते हुए कहा।

''अच्छा भाग्यवान अब मैं भी निकलता हूँ बाकी की बातें शाम को करेंगे।'' कुछ ही देर बाद नाश्ता करके पंकज भी दुकान के लिए निकल गये।

अभी पंकज को घर से निकले कुछ ही देर हुई थी कि अचानक से फोन की घण्टी बज उठी, अब यह सुबह-सुबह किसका फोन आ गया।'' अपने आप में ही बड़बड़ाते हुए मंजरी ने जैसे ही फोन उठाया, हैलो! नहीं ऐसा नहीं हो सकता, कौन बोल रहे हैं आप? कौन से हॉस्पिटल में लेकर जा रहे हैं'' ऐसा कहते मंजरी वहाँ रखे सोफे पर धम से बैठ गयी उसकी धड़कने तेज़ चलने लगीं। खुद को सँभालते हुए उसने तुरंत ही श्रुति को फोन कर दिया।'' हैलो श्रुति, बेटा तेरे पापा का एक्सीडेण्ट हो गया है तू यश को लेकर जल्दी आ जा।'' ऐसा कहते ही मंजरी फूट-फूटकर रोने लगी।

''अपने आप को सँभालो मम्मी हम अभी तुम्हें लेने आ रहे हैं... वैसे कौन से हॉस्पिटल में लेकर गये हैं पापा को ?''

''सिटी हॉस्पिटल में लेकर गये हैं।'' ऐसा कहते ही काँपते हुए मंजरी ने फोन रख दिया।

कुछ देर बाद हॉस्पिटल में, ''क्या हुआ डॉक्टर साहब पंकज को, वो जल्दी ठीक तो हो जायेंगे न?'' मंजरी के पूछते ही डॉक्टर ने कहा।

''अभी कुछ कहा नहीं जा सकता; सिर पर चोट आयी है, होश में आने के बाद ही कुछ पता चल पायेगा।'' डॉक्टर के कहते ही वहाँ रोना-धोना शुरू हो गया।

''आप लोग संयम से काम लीजिए कुछ नहीं होगा पापा को।'' यश ने मंजरी और श्रुति को सँभालते हुए कहा। इतने में ही वहाँ रोहित भी आ गया।

''क्या हुआ पापा को, यह एक्सीडेण्ट कैसे हुआ?'' सब कुछ जानने के लिए आतुर रोहित को यश ने सँभालते हुए सारी बात बतायी।

''यह क्या हो गया जीजाजी, अगर पापा को कुछ हो गया तो हम उनके बिना कैसे रह पायेंगे।''

तभी एक ज़ोरदार चाँटा रोहित के गाल पर आकर पड़ा। ''खबरदार जो ऐसा-वैसा बोला!''

कुछ बुरा नहीं होगा।'' मंजरी ने रोते हुए कहा और रोहित, मंजरी के गले लगकर रोने लगा।

हॉस्पिटल का माहौल ग़मगीन हो गया। धीरे-धीरे समय गुज़रता गया। रात भी हो गयी लेकिन पंकज को होश नहीं आया और डॉक्टरों के मुताबिक़ इसके साथ ही पंकज की जान को ख़तरा भी बढ़ने लगा था। एक दिन, दो दिन एक-एक करके एक हफ्ता गुज़र गया लेकिन पंकज को होश नहीं आया। घर में पूरी तरह से मातम छा गया। डॉक्टरों के हिसाब से पंकज को कब होश आयेगा कुछ कहा नहीं जा सकता। इस दौरान सभी रिश्तेदार एवं दोस्त मिलने आये लेकिन कुछ देर के लिए ही। सच कहा है किसी ने अपने और पराये की पहचान इंसान को बुरे वक़्त में ही होती है।

एक्सीडेण्ट के पूरे दो हफ़्ते बाद पंकज को होश तो आया, लेकिन उनके शरीर के दायें हिस्से में लकवा हो चुका था। कुछ हफ़्ते तक पंकज को हॉस्पिटल में रखने के बाद यह कहकर वापिस घर भेज दिया कि जितना सुधार हो सकता था

हो गया अब कोई उम्मीद नहीं है। ऐसे में पंकज द्वारा दुकान सँभालने की बात तो सोची भी नहीं जा सकती थी और रोहित को इन सब बातों का कोई तजुर्बा नहीं था और वैसे भी उसकी पढ़ाई भी तो थी। फर्स्ट इयर के एग्जाम भी तो उसने पंकज के एक्सीडेण्ट की वजह से बिना पढ़े ही दिये थे। यह सब बातें सोचते हुए मंजरी ने स्वयं ही दुकान सँभालने की बात सोची- शुरूआती दिनों में वो दुकान पर गयी भी, लेकिन इस दौरान पंकज को अगर मंजरी की ज़रुरत होती तो परेशानी बहुत बढ़ जाती। इसलिए मंजरी ज्यादा दिन तक दुकान नहीं सँभाल पाई। अब तो एक ही रास्ता था कि रोहित दुकान सँभाले। लेकिन रोहित की सेकेण्ड इयर की क्लासेज शुरू हो चुकी थीं फिर भी उसने अपना ये फ़र्ज़ बहुत ही खूबी से निभाया। कॉलेज और दुकान में अच्छा सामंजस्य बनाकर रखा। सुबह कॉलेज जाना, फिर घर आकर खाना खाकर दुकान जाना फिर रात को दुकान से वापिस आ कुछ देर पढ़ाई कर सो जाना बस यही दिनचर्या बन गयी है रोहित की। इस दौरान ऋषभ भी कई बार उससे मिलने आया। एक बार तो रजत व स्वर्णा भी आये पंकज को देखने, लेकिन तान्या न ही मिलने आयी और न ही कभी रोहित ने उसके बारे में पूछा। इसका मतलब ये नहीं था कि वो तान्या को भूल चुका था, बल्कि शायद ही कोई लम्हा ऐसा गुजरा हो जब उसने तान्या को याद न किया हो। उसका तो तान्या से फोन पर बात करने का मन भी हुआ, लेकिन नम्बर न होने की वजह से वो मजबूर हो गया और ऋषभ से नम्बर माँगने की उसमें हिम्मत नहीं थी और दूसरी ओर तान्या का हाल भी कुछ अच्छा नहीं था, क्योंकि जिस रोहित में वो एक दोस्त तलाश रही थी उससे तो उसे प्यार हो चुका था और इस बात का एहसास तान्या को उस वक़्त हुआ जब वो पंकज के एक्सीडेण्ट की वजह से कई महीनों तक रोहित से नहीं मिली।

क्या हो गया है मुझे, कहीं मुझे रोहित से प्यार तो नहीं हो गया। नहीं ऐसा नहीं हो सकता और मुझे ये बात नहीं भूलनी चाहिए कि मैं एक अपाहिज विधवा हूँ और रोहित को क्यों मुझमें दिलचस्पी होगी, मुझे जल्द ही रोहित का खयाल अपने ज़ेहन से निकालना होगा। हे! ईश्वर आज तो मेरे सुमित की दूसरी बरसी है ये मैं कैसे भूल सकती हूँ। क्या रोहित का खुमार मेरे दिलों-दिमाग पर इस कदर हावी हो चुका हैं कि मैं अपने दिवंगत पति को ही भूल चुकी हूँ नहीं ये गलत है... मुझे माफ कर देना सुमित, मैं तुम्हारी हूँ सिर्फ तुम्हारी, किसी और का बनने की तो मैं सोच भी नहीं सकती।

ऐसा सोचते हुए तान्या, सुमित की आत्मा की शांति के लिए प्रार्थना करने

लगी।

तान्या ने खुद से व सुमित से वादा तो किया रोहित का खयाल अपने दिल से निकालने का, लेकिन उसे निभा नहीं पायी। उसके ज़हन में तो हर वक़्त रोहित ही चलता रहता। अब उसकी रोहित से मिलने की इच्छा भी तीव्र होती जा रही थी। लेकिन क्या करती मजबूर थी बेचारी।

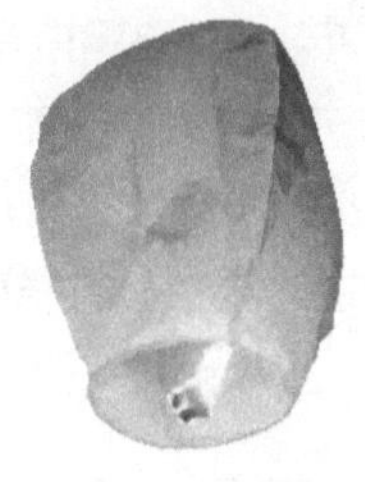

ऋषभ और रिया

जहाँ रोहित व तान्या एक-दूसरे से ये बात छुपा रहे थे कि वो एक-दूसरे से प्यार करते हैं, वहीं दूसरी ओर ऋषभ की ज़िंदगी में एक नया मोड़ आ गया और उस मोड़ का नाम था 'रिया'।

हुआ यूँ कि फर्स्ट इयर स्टूडेण्ट्स का कॉलेज़ में पहला दिन था। नये स्टूडेण्ट्स का आना जारी था, ऋषभ भी अपने दोस्तों के साथ कॉलेज के गेट पर बैठा आने वाले स्टूडेण्ट्स के मज़े ले रहा था, लेकिन किसी वजह से रोहित ने उस दिन कॉलेज से छुट्टी ली थी इसलिए वो इस मस्ती-मज़ाक का हिस्सा नहीं बन पाया। वैसे भी उसकी ज़िंदगी में अब मस्ती-मज़ाक़ रह ही कहाँ गया था। इतने में ही वहाँ एक लड़की एण्टर हुई। गज़ब की खूबसूरत थी, जिसे देख जनाब ऋषभ पहली ही नज़र में फिदा हो गये।

''ओहो मोहतरमा! तनिक अपना नाम तो बताइए।'' अपने पीछे से आती हुई आवाज़ सुन ऋषभ अपना आपा खो बैठा।

''ऐ कौन है! किसने पूछा नाम; खबरदार जो किसी ने भी किसी भी लड़की को परेशान किया तो मुझसे बुरा कोई नहीं होगा।'' ऋषभ की बातों ने उस खूबसूरत लड़की को उसका कायल बना दिया।

“ऐ ऋषभ! ये क्या हो गया तुझे अचानक से, दिल दे बैठा क्या उसे अपना।” वहाँ बैठे एक लड़के ने ऋषभ का मजाक बनाते हुए कहा और उनकी बात सुन वहाँ बैठे सभी लड़के- लड़कियाँ ज़ोर-ज़ोर से हँसने लगे। लेकिन ऋषभ को यह सब कुछ बिलकुल भी अच्छा नहीं लगा और वो वहाँ से उठकर कैण्टीन की ओर चला गया।

“हाय! मेरा नाम रिया है, आपका?” कैण्टीन में बैठे हुए ऋषभ के सामने अचानक से आकर उस खूबसूरत लड़की ने खुद का परिचय दिया।

“जी मैं, वो मैं… मेरा; आप खड़ी क्यों हैं बैठिए।”

“क्या आप हकलाते हैं?” रिया के पूछते ही उसने कहा।

“नो… नो… नो आपको कोई गलतफहमी हुई है।” ऋषभ ने खुद को सँभालते हुए कहा।

“ओह! मुझे लगा कि… खैर कोई बात नहीं वैसे आपने अपना नाम नहीं बताया।”

“ओह सॉरी! ऋषभ, ऋषभ नाम है मेरा… और आपका?”

“माफ कीजिएगा अभी तो बताया मैंने।”

“ओह हाँ रिया राइट?”

“या राइट, बड़े ही इंट्रेस्टिंग लगते हैं आप।”

“नहीं ऐसी कोई बात नहीं है, वैसे आप अपने बारे में कुछ बताइए।”

“फर्स्ट इयर कॉमर्स की स्टूडेण्ट हूँ सेण्ट थॉमस स्कूल से हाई स्कूल किया हैं, इसी शहर की रहने वाली हूँ, और फिलहाल आपके साथ बैठकर एक कप कॉफी पीने वाली हूँ।” रिया की ज़िंदादिली देख ऋषभ हँस पड़ा।

“दिलचस्प इंसान मैं नहीं बल्कि आप हैं।”

“तो ऐसा ही समझ लीजिए, वैसे क्या खयाल है आपका?”

“किस बारे में?”

“कॉफी के बारे में”

''हाँ हाँ बिलकुल, लेकिन ये कॉफी मेरी तरफ से होगी और आप इसके लिए मना नहीं कर सकती।''

''मि. ऋषभ, मैंनें तो कुछ कहा ही नहीं, वैसे भी इस कॉफी का पेमेण्ट मैं आपसे ही करवाने वाली थी।''

''ओह! मुझे लगा कि....'' ऋषभ बोलते-बोलते अचानक से चुप हो गया।

''क्या लगा आपको कि पेमेण्ट मैं करूँगी, जनाब इतनी शरीफ नहीं हूँ मैं।'' ऐसा कहते ही रिया ठहाका मारकर हँस पड़ी। हँसती हुई रिया इतनी खूबसूरत लग रही थी कि ऋषभ का मन हुआ इन लम्हों को अपने कैमरे में कैद कर ले। लेकिन पहली ही मुलाकात में उसके लिए इतना सब कुछ करना मुमकिन नहीं था।

''वैसे आपने अभी तक अपने बारे में कुछ नहीं बताया।''

''मेरा नाम ऋषभ है और बी. कॉम सेकेण्ड इयर का स्टूडेन्ट हूँ, इसी शहर का रहने वाला हूँ और सेण्ट ज़ेवियर स्कूल से हाईस्कूल किया है और हम अब कॉफी पी चुके हैं तो फिलहाल मैं पेमेण्ट करने के बाद अपनी अगली क्लास के लिए जाने वाला हूँ तो अभी के लिए इजाज़त, फिर मिलेंगे।'' ऐसा कहते ही ऋषभ उठकर खड़ा हो गया, और अपनी क्लॉस की ओर जाने लगा।

''क्या बात है पहली ही मुलाकात में मेरा इतना असर हुआ आप पर यकीन ही नहीं हो रहा।''

''मोहतरमा, यह तो पहली मुलाकात है, धीरे-धीरे पता चलेगा कि यह आपका असर है या हमारी फितरत।''

''क्या बात, लगता है आपसे दोस्ती बहुत ही दिलचस्प होने वाली है।''

''वो भी हो जायेगी, पहले हमें अपना दोस्त तो बना लीजिए।'' ऋषभ के कहते ही रिया ने कहा

''मुझे तो लगा था कि हमारी दोस्ती हो चुकी है।''

''तो क्या आप पहली ही मुलाकात में किसी अजनबी को अपना दोस्त बना लेती हैं?''

''नहीं ऐसी कोई बात नहीं है, बस आपसे मिलकर ऐसा लगा कि आपसे

दोस्ती करना मुनासिब होगा।'' ऐसा कहते ही रिया ने अपना दायाँ हाथ ऋषभ की ओर बढ़ा दिया और उसे देख उसने भी बिना समय खराब किये अपना हाथ रिया की ओर बढ़ा दिया और उसी वक़्त से दोनों की दोस्ती की शुरूआत हो गयी।

''मेरी क्लॉस आ गयी, अभी के लिए अलविदा, फिर कभी मिलेंगे।'' ऐसा कहते ही ऋषभ अपनी क्लॉस में चला गया। कहने को तो ऋषभ अपनी क्लॉस में बैठा था, लेकिन उसका दिल रिया के पास ही रह गया। दोस्ती रिया की तरफ से हुई थी लेकिन वो तो अपना दिल पहली ही मुलाकात में दे चुका था, लेकिन बस रिया के सामने अपना प्यार जताना नहीं चाहता था। इसके बाद मुलाकातों का सिलसिला कुछ यूँ चला कि दोनों ही एक-दूसरे से मिलने के बहाने ढूँढ़ने लगे, बस फर्क इतना था कि रिया एक दोस्त की हैसियत से और ऋषभ प्यार की हैसियत से। शायद ही कोई दिन ऐसा जाता जब इन दोनों की मुलाकात नहीं होती... यहाँ तक कि इन दोनों की दोस्ती के चर्चे पूरे कॉलेज में फैल चुके थे। यूँ तो यह बात रोहित के कानों तक भी पहुँची, लेकिन पूरा दिन घर, दुकान एवं कॉलेज के चक्कर में फँसे रहने वाले रोहित को इन बातों से कोई सरोकार ही नहीं था। दूसरी ओर उन दोनों की बढ़ती हुई मुलाकातों ने रिया के दिल में भी ऋषभ के लिए प्यार जगा दिया। फिर क्या था दोनों ने ही एक-दूसरे से अपने प्यार का इजहार कर दिया और दिन पर दिन इन दोनों का ये प्यार परवान चढ़ता रहा।

''ऋषभ! यार ये मैं क्या सुन रहा हूँ!''

''तू क्या सुन रहा है ये मैं कैसे बता सकता हूँ।''

''मज़ाक़ बंद कर।'' रोहित ने ऋषभ को झिड़कते हुए कहा।

''सॉरी... हाँ बता क्या सुना तूने।''

''कॉलेज में सब तेरे और रिया के बारे में बात कर रहे हैं क्या यह सच है।''

''हाँ यार मैंने उसे तेरी भाभी बनाने का फैसला किया है।'' ऋषभ ने शरमाते हुए कहा।

''क्या! बात यहाँ तक पहुँच गयी और तू मुझे अब बता रहा है।''

''तू तो ऐसे शिकायत कर रहा है कि जैसे तेरे पास बहुत वक़्त है मेरे लिए... जानता भी है अपने दिल की बातें तुझसे शेयर करने के लिए कितना तरसा हूँ

मैं।'' ऋषभ ने जैसे ही नाराज़गी जताते हुए कहा।

''बकवास बंद कर! तेरे पास मुझसे फोन पर बात करने का टाइम तक तो होता नहीं था और इल्ज़ाम मुझ पर ही लगा रहा है... चल छोड़ इन बातों को और बता कि कब मिलवा रहा है भाभी से।''

''धीरे बोल यार मैं नहीं चाहता कि कॉलेज में कोई भी उसका इस बात को लेकर मज़ाक बनाये।''

''सॉरी यार, वैसे घर पर बताया रिया के बारे में।''

''नहीं यार हिम्मत ही नहीं है बताने की।''

''कम से कम अपनी भाभी को तो बता देता।''

''कोशिश तो की थी लेकिन बता नहीं पाया; शायद सुमित भैया के समय का तजुर्बा मुझे आगे बढ़ने से रोक रहा है।''

''तू सीरियस तो है न रिया को लेकर?''

''हाँ यार प्यार करता हूँ, उससे शादी करना चाहता हूँ।''

''तो फिर हिम्मत करके घर पर बता ही दे।''

''बात तो तेरी सही है रोहित, लेकिन पता नहीं क्यों जब भी इस बारे में सोचता हूँ तो सुमित भैया वाला हादसा याद आ जाता है; मुझे अच्छी तरह से याद है कि कैसे बेइज़्ज़ती की थी मम्मी-पापा ने उन दोनों की, ऐसा होते हुए मैं रिया के साथ नहीं देख पाऊँगा।'' इतने में ही ऋषभ, रिया को वहाँ आते हुए देख लेता है।

''हैलो रिया, आओ इससे मिलो यह मेरा सबसे अच्छा दोस्त है रोहित।''

''रोहित! यह जब तुम्हारा इतना ही अच्छा दोस्त है तो तुमने इससे पहले क्यों नहीं मिलवाया?''

''ये थोड़ा बिज़ी रहता है।'' और ऋषभ ने रिया को रोहित के बारे में सब कुछ बता दिया।

''ओह सॉरी!''

''नो इट्स ओके, अच्छा अब मैं चलता हूँ तुम दोनों बातें करो।'' ऐसा कहते ही रोहित उन दोनों को अकेला छोड़ वहाँ से चला गया।

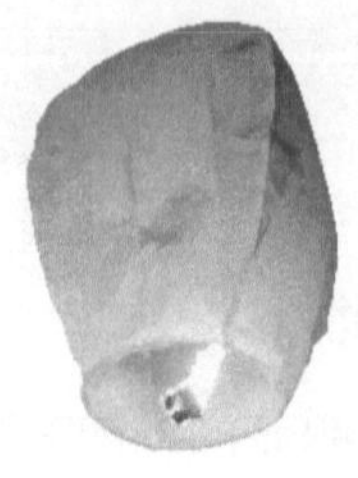

दिल की बात श्रुति से

पिछले कई महीनों से घर व दुकान की कशमकश में फँसा रोहित आज अपने दोस्त ऋषभ को उसके प्यार रिया के साथ देखकर तान्या की यादों में खो गया। वो जानता था कि तान्या को पाना उसके लिए आसान नहीं, लेकिन फिर भी वो दिल के हाथों मजबूर था। उस रात रोहित के दिलोंदिमाग पर पूरी तरह से तान्या छायी रही वो बस यही सोचता रहा कि तान्या को कैसे बताये कि वो उससे प्यार करने लगा है कहीं वो इस बात का गलत मतलब न निकाल ले... वो ये न समझ बैठे कि वो उसके साथ सहानुभूति जता रहा है। तान्या ही क्या, रोहित के लिए तो इस मामले में अपने घरवालों से भी बात करना मुश्किल था। वो अच्छी तरह से जानता था कि उसकी मम्मी कभी भी तान्या को अपनी बहू के रूप में स्वीकार नहीं करेगी। बाकी सब बातें तो बाद में, उसे तो यह ही नहीं पता कि तान्या उसे किस नज़र से देखती है। एक बार तो रोहित के दिल में आया कि ऋषभ को सब कुछ बता दे... फिर अचानक ही यह खयाल दिमाग से निकाल दिया, सोचा कहीं ऋषभ उससे दोस्ती न तोड़ ले। लेकिन ऐसे तो ज़िंदगी गुज़र नहीं सकती, कुछ तो करना ही पड़ेगा। किससे कहे, किसे अपने दिल की बात बताये... इसी कशमकश में रात के बारह बज गये।

''रोहित! रोहित बेटा सो गया क्या?'' अचानक से अपनी मम्मी की आवाज़

सुन रोहित किसी अनहोनी की आशंका से घबरा गया।

''क्या हुआ मम्मी, पापा ठीक तो हैं न?''

''हाँ बाबा ठीक हैं, तू घबरा मत।''

''तो फिर आप इस वक़्त...''

''भूल गया न तू, मुझे पता था भूल जायेगा।''

''क्या भूल गया?''

''अरे बेटा आज तेरी बहन का जन्मदिन है उसे बधाई नहीं देनी है क्या।''

''ओह सो सॉरी मैं तो भूल ही गया था।''

''कोई बात नहीं चल अब फटाफट उसको फोन लगा।''

''विडियो कॉल करता हूँ।'' उसके बाद काफी देर तक श्रुति अपने भाई और मम्मी के साथ विडियो कॉल पर बात करती रही।

''क्या बात है साले साहब, कभी हमसे भी बात कर लिया कीजिए।'' नमस्ते मम्मी जी क्या हाल-चाल है।'' कुछ देर बाद यश भी वहाँ आ गया।

''हम ठीक हैं बेटा, आप लोग सो जाइए अब काफी रात हो चुकी है।'' मंजरी के कहते ही,

''श्रुति! तुमने पापा, मम्मी और रोहित को कल की पार्टी के लिए इन्वाइट किया या नहीं?''

''कर लिया बेटा और हम पार्टी में ज़रूर आयेंगे।''

''क्यों साले साहब कुछ नाराज़गी है क्या हमसे?''

''नहीं जीजू ऐसी तो कोई बात नहीं है।''

''तो फिर कुछ बोल क्यों नहीं रहे हो?''

''अरे वो सो गया था, मैंने ही उठा दिया इसलिए थोड़ा नींद में हो रहा है।'' मंजरी के कहते ही,

''कोई बात नहीं मम्मी जी मैं तो मजाक कर रहा हूँ, अच्छा गुडनाइट कल

मिलते हैं पार्टी में।''

''गुडनाइट बेटा।'' श्रुति से बात करते ही रोहित के दिमाग में सबसे पहला ख्याल ये ही आया कि क्यों न वो तान्या के बारे में श्रुति से बात करे... और ऐसा सोचते ही उसके चेहरे पर एक सुकून भरी मुस्कान आ गयी क्योंकि वो जानता है कि कोई उसको समझे या न समझे उसकी बहन उसे ज़रूर समझेगी।

''क्या हुआ मुस्कुरा क्यों रहा है?''

''नहीं तो''

''क्या नहीं... चल अब सो जा, कल शाम को तेरी बहन के यहाँ जाना है उससे पहले उसके लिए एक अच्छा-सा गिफ्ट भी तो लेना है।''

''जी मम्मी, गुडनाइट'' अब रोहित किसी से भी कोई भी बात करने के मूड में नहीं है, वो तो बस यही सोचना चाहता है कि श्रुति को तान्या के बारे में कैसे बताये, बस यही सोचते- सोचते पूरी रात गुज़र गयी।

अगले दिन रोहित एक नयी उम्मीद के साथ उठा। वो आज दुकान जाने के मूड में बिलकुल भी नहीं है, वो तो बस जल्द से जल्द श्रुति से मिलना चाहता हैं।

''मम्मी आज दुकान बंद रखें तो चलेगा क्या?''

''लेकिन क्यों?'' मंजरी के पूछते ही,

''दीदी के यहाँ जाना है ना शाम को।''

''हाँ तो शाम को जाना है, अभी दुकान क्यों नहीं जा रहा?''

''मम्मी मैं सोच रहा हूँ कि अभी दीदी के यहाँ चला जाऊँ, कुछ काम हो तो मदद भी करवा दूँगा।''

''अरे तो यह क्यों नहीं बोलता कि तेरा अपनी दीदी से मिलने का बहुत मन हो रहा है, क्यों बहाने बना रहा है।'' मंजरी के कहते ही रोहित उसके गले से जा लगा।

''प्लीज़ मम्मी।''

''अच्छा ठीक है जा और हाँ, मैं तेरे पापा को लेकर शाम तक आ जाऊँगी।'' फिर क्या था, रोहित, श्रुति के यहाँ जाने के लिए ऐसा भागा जैसे तीर

कमान से निकलता है।

"अरे नाश्ता तो कर लेता!"

दीदी के यहाँ कर लूँगा मम्मी।"

"पागल दीवाना है दीदी का अपनी" और मंजरी गुनगुनाती हुई घर के कामों में लग गयी।

रोहित के श्रुति के यहाँ पहुँचते ही, "नमस्ते आण्टी!"

"कौन? अरे रोहित! आओ बेटा, कैसे हो, इतनी सुबह-सुबह कैसे आना हुआ, सब ठीक तो है?" श्रुति की सास विभा ने रोहित को देखते ही सवालों की झड़ी लगा दी।

"हाँ आण्टी सब ठीक है, बस दीदी की याद आ रही थी सो मिलने चला आया।"

"हाँ-हाँ यह तो तुमने बहुत अच्छा किया, बैठो मैं अभी श्रुति को बुलाती हूँ।" इतने में श्रुति खुद ही वहाँ आ गयी।

"अरे रोहित तू यहाँ!"

"अच्छा हुआ तुम आ गयी श्रुति, मैं तुम्हें ही बुलाने वाली थी।" विभा के कहते ही,

"जी मम्मी जी...आ चल मेरे साथ।" ऐसा कहते हुए श्रुति, रोहित का हाथ पकड़ अपने कमरे में ले गयी।

"नाश्ता किया तूने?"

"नहीं अभी नहीं।"

"तो चल आ तू भी मेरे साथ ही नाश्ता कर ले, वैसे तू सुबह-सुबह ही कैसे आ गया?"

"आज आपके बर्थ-डे की पार्टी है न सोचा अगर कोई मदद हो तो करवा दूँ।"

"हम्म... चल आ पहले नाश्ता कर ले।" कुछ ही देर में दोनों भाई-बहन

नाश्ता करने बैठ गये।

''अब बता क्या बात है?''

''बात... मैं कुछ समझा नहीं।''

''देख भाई मैं तुझे बहुत अच्छी तरह से जानती हूँ, तेरा चेहरा देखकर बता सकती हूँ कि तू किसी बात को लेकर परेशान है।'' श्रुति की बात सुन रोहित बिना कुछ बोले चुपचाप गरदन झुकाये बैठा रहा। रोहित के हाव-भाव देख वो इतना तो समझ ही गयी कि ज़रूर कोई सीरियस बात है।

''चाय लेगा या कॉफी?''

''चाय।'' श्रुति अच्छी तरह से जानती थी कि वो जितना ज्यादा रोहित से उसकी परेशानी के बारे में पूछेगी वो उतना ही चुप रहेगा, इसलिए उसने बातों का रुख ही बदल दिया।

''अच्छा बता दुकान का काम कैसा चल रहा है?''

''ठीक।'' एक छोटा-सा जवाब दे रोहित फिर गरदन झुकाकर बैठ गया। कुछ देर तक वहाँ एक अजीब-सी चुप्पी छायी रही... केवल प्लेट्स पर चलने वाली चम्मच की आवाज़ ही इस चुप्पी को तोड़ रही थी।

कुछ देर बाद, ''दीदी मुझे आपसे कुछ बात करनी है।''

''हाँ बोल।'' आखिर वो वक़्त आ ही गया जिसका इंतज़ार श्रुति पिछले पंद्रह मिनिट से कर रही थी।

''दीदी, वो मेरा दोस्त है न।''

''कौन?''

''दीदी, ऋषभ।''

''वो ही ऋषभ न जो कॉलेज के पहले ही दिन तेरा दोस्त बन गया था?''

''हाँ दीदी''

''तो उसका क्या?''

''मैंने आपको बताया था न एक बार उसकी भाभी के बारे में।''

"हाँ याद आया, वही न जो विडो हैं और हेंडीकेप्ड भी।"

"हाँ"

"तो उसका क्या।"

"दीदी वो..."

"क्या बात है रोहित, कुछ बोल क्यों नहीं रहा।" श्रुति के सब्र का बाँध अब टूटने लगा।

"दीदी मैं तान्या से प्यार करता हूँ।" रोहित एक ही साँस में अपनी बात कह गया।

"अब यह तान्या कौन है?"

"ऋषभ की भाभी।" रोहित के यह कहते ही श्रुति बोल पड़ी-

"क्या! तेरा दिमाग खराब हो गया है।"

"हाँ दीदी, जब मैंने उनको पहली बार देखा तो बस उनकी सुंदरता का कायल हो गया।"

"साथ में तुझे उनकी व्हील-चेयर नहीं दिखायी दी?"

"दिखायी दी न, लेकिन मेरे प्यार का वज़न व्हील-चेयर से ज्यादा था।"

"यह क्या बोल रहा है मुझे तो कुछ भी समझ नहीं आ रहा।"

"दीदी मैं तान्या से बहुत प्यार करता हूँ उससे शादी करना चाहता हूँ।"

"देख रोहित बात को समझने की कोशिश कर, यह सम्भव नहीं है।"

"क्यों? क्यों सम्भव नहीं है?" रोहित ने श्रुति की ओर सवालिया नज़रों से देखते हुए पूछा,

"सबसे पहली बात तो वो तुझसे उम्र में बड़ी हैं... चलो छोड़ो हम उम्र को भी नज़रंदाज़ कर देते हैं; वो एक विडो हैं चलो यह भी हम भूल जाते हैं, लेकिन उसके अपाहिज़ होने की क्या। रोहित, ज़िंदगी भर वो तुझ पर बोझ बनी रहेगी और तुझे क्या लगता है मम्मी-पापा उसे अपनाने के लिए राजी हो जायेंगे?"

"इसलिए ही तो आपके पास आया हूँ दीदी, आप बात कीजिए पापा-मम्मी

से।''

''अच्छा ये बता तान्या का क्या, वो भी प्यार करती हैं तुझसे?''

''पता नहीं।''

''पता नहीं का क्या मतलब; उसे पता तो हैं कि तू उसके पीछे पागल है।''

''नहीं।''

''नहीं मतलब?''

''दीदी मैंने कभी तान्या को बताया ही नहीं कि मैं उससे प्यार करता हूँ और उसके दिल मे मेरे लिए क्या है मुझे नहीं मालूम।''

''धत् तेरी की, मुझे तो लगा था कि आग दोनों तरफ लगी हुई है, लेकिन यहाँ तो...''

''दीदी मेरे अंदर इतनी हिम्मत ही नहीं है कि तान्या से अपने प्यार का इज़हार कर पाऊँ।'' जैसे ही श्रुति को पता चला कि तान्या को तो इस बारे में कुछ पता ही नहीं, उसने चैन की साँस ली।

''रोहित! भाई तू ऐसा तो नहीं था, फिर ये तुझे क्या हो गया।''

''प्यार हो गया है दीदी तेरे भाई को। जानती है मम्मी मुझे हमेशा डाँटती थी कि मैं बार-बार ऋषभ के घर क्यों चला जाता हूँ; तान्या के लिए जाता था, उसको एक झलक देखने के लिए जाता था। जब से पापा का एक्सिडेंट हुआ है मैं उससे नहीं मिल पाया, लेकिन एक पल भी ऐसा नहीं गुज़रा कि जब मैंने उसे याद न किया हो।'' श्रुति ने रोहित की बात का कोई जवाब नहीं दिया। कुछ देर तक वहाँ सन्नाटा छाया रहा, फिर रोहित ने ही चुप्पी तोड़ते हुए पूछा,

''क्या हुआ दीदी आप चुप क्यों हो गये?''

''रोहित, तूने अपनी आगे की पढ़ायी के बारे में क्या सोचा है?''

''वो तो करनी है न दीदी।''

''आगे पढ़ायी भी करनी है, तान्या की ज़िम्मेदारी भी उठानी है... कैसे सम्भव होगा; मेरी बात मान अभी तू अपने कैरियर पर ध्यान दे फिर हम तान्या के बारे में सोचेंगे।''

''इसका मतलब आप मेरा साथ नहीं देना चाहते।''

''ऐसी बात नहीं हैं पगले, लेकिन किसी की जिम्मेदारी उठाने से पहले आप खुद तो आत्मनिर्भर बनो।'' रोहित, श्रुति की ओर देख यह समझने की कोशिश करने लगा कि वो उसका साथ देना चाहती हैं या नहीं।

''क्या सोच रहा है?''

''आप मेरे साथ हो न दीदी?'' रोहित ने बहुत ही उम्मीद भरी नज़रों से अपनी बहन की ओर देखा।

''हाँ हूँ और वादा करती हूँ कि मैं तेरा साथ कभी नहीं छोड़ूँगी... और तेरे जीजू की तरफ से भी वादा करती हूँ कि वो भी तेरे साथ हैं। लेकिन इससे पहले तुझे अपनी पढ़ायी पूरी करनी होगी, कुछ बन कर दिखाना होगा; मंजूर है तुझे मेरी ये शर्त?''

''हम्म मंजूर है।'' रोहित ने उम्मीद से भरी मुस्कान के साथ जवाब दिया।

उस पूरा दिन रोहित, श्रुति के घर पर ही रहा और उसने अपनी बहन की बर्थ-डे पार्टी की तैयारियाँ बड़े ही ज़ोर-शोर से की।

शाम को पार्टी में, ''क्या बात है विभा जी आपने तो आज श्रुति की बर्थ-डे पर बहुत ही ताम-झाम कर दिया।''

''यह सब आपके बेटे ने किया है; बहुत दिनों बाद मैंने आज इसको इतना खुश देखा है। आते रहा करो बेटा यहाँ पर, ज़िम्मेदारियों का क्या है वो तो ज़िंदगी भर निभानी ही हैं।'' विभा ने रोहित की ओर देखते हुए कहा।

''आप सही कह रही हैं विभा, जी मैंने भी आज अपने बेटे को बहुत दिनों बाद इतना खुश देखा है।'' अब कोई क्या जाने कि रोहित की खुशी की वजह क्या है।

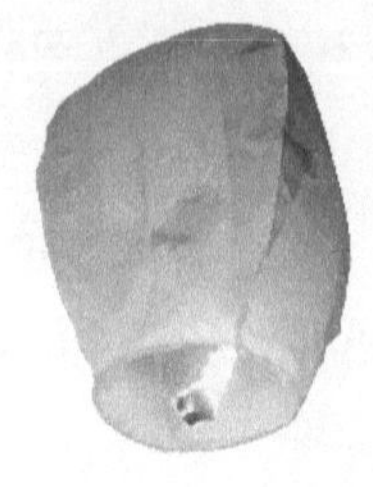

कॉलेज में तान्या

रोहित ने अपनी बहन श्रुति से वादा तो किया कि वो अपनी पढ़ायी पर ध्यान देगा, अपने पैरों पर खड़ा होकर दिखायेगा और अपने इस वादे के मुताबिक उसने मेहनत भी करनी शुरू कर दी, लेकिन फिर भी वो तान्या को देखने का लालच अपने दिल से नहीं निकाल पा रहा था। फिर एक दिन अचानक उसे याद आया कि उसे तो ऋषभ से तान्या की एजुकेशन के बारे में बात करनी थी।'' मैं ये कैसे भूल सकता हूँ, मुझे आज ही ऋषभ से बात करनी होगी। इस बार तो मेरी बेवकूफी की वजह से आधा साल निकल गया, लेकिन अगले साल तान्या का एडमिशन हो जाय इस बात की कोशिश मैं जरूर करूँगा।

कुछ देर बाद ही रोहित के ऋषभ के यहाँ पहुँचते ही, ''रोहित! आज तुम यहाँ, बड़े दिनों बाद आना हुआ, कैसे हैं अब तुम्हारे पापा?'' ऋषभ के घर पहुँचते ही रोहित को रजत घर के बाहर ही मिल गये।

''ठीक हैं अंकल, कम से कम इशारों के जरिये यह तो बता ही देते हैं कि उन्हें क्या चाहिए और हमारे लिए तो उनका इतना इम्प्रूवमेंट ही काफी है।''

''सही कहा बेटा, एक्सिडेंट के वक़्त जो हालात थे उन्हें देखकर तो ऐसा ही लगता है।''

''अच्छा अंकल ऋषभ कहाँ है, कुछ काम था उससे''

''हाँ-हाँ अभी बुलवाता हूँ उसे। ऋषभ! देखो रोहित आया है तुमसे मिलने।'' आज रजत का व्यवहार रोहित के प्रति कुछ अच्छा था।

''जी पापा। अरे दोस्त कैसे आना हुआ, सब ठीक तो है।''

''हाँ-हाँ सब ठीक है, क्या अंदर चलकर बात कर सकते हैं?''

''हाँ, माफ करना मैं तुम्हें अंदर आने के लिए कहना तो भूल ही गया।''

''कोई बात नही।'' रोहित के कहते ही,

''वैसे कोई ज़रूरी बात है क्या?''

''दोस्त बुरा मत मानना, एक दिन मेरी तान्या भाभी से बात हुई थी, तब पता चला कि उन्होंने केवल फर्स्ट इयर तक ही पढ़ायी की हुई है, तो मैं सोच रहा था कि क्यों न वो अपनी आगे की पढ़ायी पूरी करें जिससे उनका समय भी गुज़र जाया करेगा। वैसे भी ये साल तो आधा गुजर ही चुका है अब तो जो भी कुछ होगा अगले साल ही होगा।'' ऋषभ, रोहित की बात सुन आश्चर्य से उसकी ओर देखने लगा।'' क्या हुआ ऋषभ, मैंने कुछ गलत कह दिया क्या।'' रोहित घबरा गया कि कहीं ऋषभ, तान्या की आगे की पढ़ायी के लिए मना न कर दे।

''नहीं यार तूने कुछ भी गलत नहीं कहा, बल्कि मुझे खुद पर गुस्सा आ रहा है कि यह खयाल मुझे क्यों नहीं आया।''

''कोई बात नहीं, जो अभी तक नहीं हो पाया वो अब हो जायेगा।'' रोहित के चेहरे पर सुकून भरी मुस्कान आ गयी।

''मैं आज ही घर पर बात करता हूँ।'' ऋषभ के कहते ही,

''अच्छा अब मैं चलता हूँ।'' रोहित ने चोर नज़रों से घर के अन्दर झाँकते हुए कहा, लेकिन उसे तान्या कहीं नज़र नहीं आयी। लेकिन वो जो सोचकर आया था वो काम पूरा हो चुका था।

इसके बाद कुछ दिन तो ऋषभ को यह सोचने में लग गये कि वो घरवालों से इस बारे में कैसे बात करे। लेकिन इससे पहले उसने तान्या से इस बारे में बात करना उचित समझा, ''भाभी! आपसे एक बात करनी थी।''

''हाँ बोलो ऋषभ।''

''भाभी आप अपनी एजुकेशन पूरी क्यों नहीं करतीं, क्या आपका मन नहीं करता आगे पढ़ने का?''

''करे भी तो क्या है, ज़रूरी तो नहीं कि सारी इच्छा पूरी हो।'' तान्या की कही हुई बात का ऋषभ के पास कोई जवाब नहीं था, क्योंकि वो जानता था कि तान्या गलत नहीं है। लेकिन कुछ देर की चुप्पी के बाद ऋषभ ने बात करने की फिर से शुरूआत की,

''भाभी, मैं चाहता हूँ आप अपनी आगे की पढ़ायी पूरी करें... दरअस्ल यह आइडिया रोहित का है, मेरे दिमाग में तो यह बात कभी आयी ही नहीं।''

''कोई बात नहीं ऋषभ, किसी के भी दिमाग में आयी हो क्या फर्क पड़ता है, मम्मी-पापा से इजाज़त मिलने वाली तो है नहीं।'' लेकिन तान्या को रोहित का नाम सुनकर अच्छा लगा।

''आपसे इसी बारे में बात करनी थी; मैं आज पापा-मम्मी से आपके एडमिशन के बारे में बात करने वाला हूँ, बस मुझे आपका साथ चाहिए, मैं अकेला यह काम नहीं कर पाऊँगा।''

''मैं कुछ समझी नहीं।''

''भाभी! आपको सिर्फ मेरी हाँ में हाँ मिलानी है बाक़ी की सारी बात मैं करूँगा।''

''ऋषभ क्यों कर रहे हो यह सब कुछ, रहने दो।''

''प्लीज़ भाभी मुझसे आपकी यह हालत देखी नहीं जाती; इस बहाने आप कम से कम घर से तो बाहर निकलेंगी और एजुकेशन मिलेगी सो अलग।''

''ठीक है तो फिर मैं ही पापा-मम्मी से बात करूँगी, क्योंकि मैं नहीं चाहती कि उनको यह लगे कि मैंने तुम्हारा सहारा लिया है; यह मेरी लड़ाई है और इसे मैं ही लड़ूँगी... लेकिन साल के बीच में एडमिशन हो पायेगा।''

''भाभी वैसे तो मैं अगले साल के बारे में बात कर रहा हूँ, लेकिन लेट एडमिशन भी तो होते हैं न, तो सोच रहा हूँ कि क्यों न प्रिंसिपल सर से एक बार इस बारे में बात करूँ और आप भी मेरे साथ चलो।''

''हाँ ठीक है चल तो सकती हूँ और वैसे भी कॉलेज के प्रिंसिपल मुझे जानते भी हैं।'' तान्या के कहते ही ऋषभ ने कहा-

''ओ हाँ मैं तो भूल ही गया था कि आप तो इसी कॉलेज से पढ़ी हुई हैं।'' तान्या की हिम्मत को देखकर ऋषभ को बहुत खुशी हुई, क्योंकि एक वो ही तो है जो इस घर में हमेशा तान्या के साथ खड़ा रहा। लेकिन तान्या ने ये हिम्मत रोहित की वजह से दिखायी जिससे कि वो कॉलेज जाने के बहाने ही सही रोहित से मिल तो पायेगी।

अगले ही दिन मौका देखकर,'' मम्मी जी! मुझे आपसे कुछ बात करनी है।''

''हाँ बोलो।'' हमेशा की तरह आज भी स्वर्णा ने तान्या से बड़ी ही बेरुखी से बात की।

''मम्मी जी मैं आगे पढ़ना चाहती हूँ।''

''क्या करोगी पढ़कर, तुम्हें कौन-सी नौकरी करनी है और घर के कामों के लायक तुम हो नहीं बल्कि तुम तो बोझ हो हम सब पर।''

''मम्मी यह क्या बोल रही हैं आप, थोड़ा तो सोचकर बोलिए।''

''ओह तो आप भी यहीं हैं, तो आप आये हैं अपनी भाभी की पैरवी करने।''

''अगर आपको ऐसा लगता है तो ऐसा ही सही, लेकिन आप कान खोलकर सुन लो कि भाभी आगे पढ़ना चाहती हैं और वो पढ़ेंगी, मैं लेकर जाऊँगा उन्हें कॉलेज।

''जब सारे फैसले तुम दोनों कर ही चुके हो तो मुझसे क्या पूछने आये हो।''

''हम आपकी इज़्ज़त करते हैं इसलिए आपकी इजाज़त लेने आये थे, लेकिन अब लगता है कि हम गलत थे।''

''ऋषभ! यह क्या तरीका है मम्मी जी से बात करने का, माफी माँगो अभी।''

''सॉरी'' ऋषभ के माफी माँगते ही स्वर्णा उसी समय दनदनाती हुई वहाँ से चली गयी।

अगले दिन, ''चलिए भाभी तैयार हो जाइए फिर कॉलेज चलते हैं।'' ऋषभ

ने कहा

कुछ सोचते हुए तान्या बोली ''ठीक है।'' बड़े अर्से बाद आज ऋषभ को तान्या के होठों पर मुस्कुराहट नज़र आयी। आज तान्या वाकई बहुत खुश है, आज उसे कॉलेज में अपने प्यार से मिलने की उम्मीद जो है और ये खुशखबरी ऋषभ ने रोहित को भी दे दी और साथ ही उसका धन्यवाद भी किया तान्या की एजुकेशन के बारे में सोचने के लिए।

कुछ देर बाद तान्या व ऋषभ के कॉलेज पहुँचते ही, ''हैलो भाभी! कैसी हैं आप?''

''मैं ठीक हूँ रोहित, तुम कैसे हो?'' रोहित को अपने सामने देख तान्या की आँखों में चमक आ गयी।

''जी मैं ठीक हूँ लेकिन आप यहाँ कैसे?'' रोहित ने अंजान बनते हुए कहा।

''ऋषभ चाहता है कि मैं अपनी आगे की पढ़ायी पूरी करूँ, बस इसलिए वो प्रिंसिपल से मेरे बारे में बात करने आया है।''

''जितना ऋषभ आपके बारे में सोचता है और कोई नहीं सोच सकता।''

''हाँ सो तो है रोहित, इसलिए ही तो ऋषभ, देवर के साथ-साथ मेरा सबसे अच्छा दोस्त भी है; वैसे ऋषभ बता रहा था कि ये आइडिया तुम्हारा ही था।''

''हाँ वो मैंने तो अपने विचार ऋषभ के सामने रखे थे, फैसला तो आप ही लोगों को करना था।''

''थैंक्स रोहित अपने विचार बताने के लिए।'' तान्या की आँखों में रोहित के लिए प्यार साफ झलक रहा था जिसे उसने छुपाने का प्रयास किया।

इस दौरान ऋषभ गाड़ी में से व्हील-चेयर भी निकाल चुका था। ''चलें अब!'' ऐसा कहते हुए दोनों ने तान्या को गाड़ी से उतारकर व्हील-चेयर पर बिठा दिया।

''ऋषभ! मुझे कुछ काम है, तुम भाभी को लेकर चलो मैं थोड़ी देर में आता हूँ।'' ऐसा कह उस समय रोहित वहाँ से चला गया... शायद वो तान्या से मिलने की खुशी सबसे छुपाना चाहता था। अभी यह लोग कॉलेज की ओर जा ही रहे थे कि अचानक से वहाँ रिया आ गयी।

''नमस्ते भाभी!''

''नमस्ते।''

''भाभी मैं रिया, ऋषभ ने बताया होगा न आपको मेरे बारे में।''

''नहीं बताया तो नहीं है, लेकिन मैं यकीन के साथ कह सकती हूँ कि जो भी बात होगी वो तुम्हारी तरह ही खूबसूरत होगी।''

''क्या भाभी आप भी न'' ऐसा कहकर रिया शरमाती हुई वहाँ से चली गयी।

''ऋषभ! क्या था ये और कौन है ये मुझे कैसे जानती है?''

''कुछ नहीं भाभी... वो देखिए प्रिंसिपल सर का केबिन आ गया।'' ऋषभ के चेहरे पर शरम की लाली देख तान्या बहुत कुछ समझ चुकी थी।

''सर! क्या हम अंदर आ सकते हैं?''

''यस।''

''गुड मॉर्निंग सर।''

''गुड मॉर्निंग... अगर मैं गलत नहीं हूँ तो तुम तान्या हो न?'' प्रिंसिपल के कहते ही,

''यस सर।'' तान्या ने मुस्कुराते हुए कहा।

''लेकिन ये... व्हीलचेयर!'' प्रिंसिपल सर ने आश्चर्य से पूछा और फिर एक लम्बी साँस लेते हुए तान्या ने उन्हें सब कुछ विस्तारपूर्वक बता दिया।

''हे भगवान! तू भी क्या-क्या दिन दिखाता हैं एक इंसान को।'' प्रिंसिपल सर तान्या का वाक़या सुन बहुत ही दुःखी हो गये।

''सर दरअसल मैं यहाँ अपने एडमिशन के बारे में बात करने आयी थी। मैं अपनी ग्रेजुएशन पूरी करना चाहती हूँ। इस बार तो आधा साल निकल चुका है, क्या अगले साल मैं एडमिशन के लिए अप्लाई कर सकती हूँ?'' तान्या के पूछते ही,

''अगले साल क्यों तान्या, इसी साल से आ जाओ, बस मेहनत थोड़ी

ज्यादा करनी पड़ेगी। तुम एक होनहार स्टूडेण्ट रह चुकी हो मुझे उम्मीद है कि तुम ये कर लोगी।''

''सच मैं सर, क्या मैं इसी साल से कॉलेज जॉइन कर सकती हूँ?''

''हाँ तान्या तुम कल से ही आ सकती हो, तुम्हारे पिछले रिकॉर्ड्स देखते हुए तुम्हें स्पेशल एडमिशन दे रहा हूँ, मन लगाकर पढ़ायी करना।'' और कुछ औपचरिकता के बाद तान्या का एडमिशन कॉलेज में हो गया।

''थैंक यू सर।'' तान्या प्रिंसिपल सर का आभार व्यक्त करते हुए ऋषभ की मदद से केबिन से बाहर निकल गयी।

''बधाई हो भाभी! ये सब तो उम्मीद से भी अच्छा हो गया।''

''वो सब तो ठीक है, लेकिन ये रिया कौन है?''

''क्या भाभी आप भी न अभी तक वही बात लेकर बैठी हैं; मैंने बताया तो सही आपको ऐसी कोई बात नहीं है वो तो सिर्फ मेरी दोस्त है। इतने में ही रोहित भी वहाँ आ गया।

''क्या कहा प्रिंसिपल सर ने?''

''हो गया एडमिशन, कल से ही आ सकती हैं।''

''क्या... साल के बीच में ही।'' रोहित ने आश्चर्य से ऋषभ की ओर देखते हुए पूछा।

''हाँ यार मेरी भाभी का स्पेशल एडमिशन हुआ है।'' और फिर ऋषभ ने रोहित को सब कुछ बता दिया जिसे सुन रोहित को बहुत खुशी हुई।

''आपको बहुत-बहुत बधाई हो।'' रोहित ने मुस्कुराते हुए तान्या से कहा और फिर खुद ही शरमाने लगा।

''धन्यवाद रोहित, लेकिन क्या तुम रिया को जानते हो?'' तान्या के पूछते ही

''चल रोहित कैण्टीन चलते हैं, भाभी को भी तो पता चले कि हमारी कैण्टीन के सैण्डविच कितने अच्छे हैं।'' ऋषभ ने तान्या की बात बीच में ही काटते हुए कहा।

''एक मिनट ऋषभ, शायद तुम भूल रहे हो कि मैं कॉलेज़ की स्टूडेण्ट रह चुकी हूँ और यहाँ के सैण्डविच का स्वाद अच्छे से जानती हूँ... और हाँ रिया के बारे में तो मैं जानकर ही रहूँगी।

''ओह सॉरी भाभी मैं तो भूल ही गया था।''

''कोई बात नहीं चलो अब चलते हैं।'' तान्या के कहते ही,

''कहाँ? घर चलें?'' ऋषभ के कहते ही,

''क्या हो गया है ऋषभ तुम्हे, मैं घर की बात नहीं कर रही बल्कि कैण्टीन चलने की बात कर रही हूँ।''

''हाँ-हाँ चलते हैं।'' ऋषभ चाहता था कि तान्या किसी भी तरीके से रिया के बारे में भूल जाय।

''रोहित तुम भी साथ चल रहे हो न?'' दरअसल तान्या, रोहित के साथ वक़्त बिताने की वजह से कुछ देर उसके साथ बैठना चाहती थी और रोहित भी तो इसी मौके की तलाश में था इसलिए उसने हामी भर दी।

कैण्टीन पहुँचते ही अचानक से ऋषभ के फोन की घण्टी बजने लगी। फोन रिया का था।

''एक मिनट मैं अभी आया।''

''क्या हुआ किसका फोन है?''

''कुछ नहीं भाभी, ज़रूरी फोन है, आप लोग बैठिए मैं अभी बात करके आता हूँ।'' कहते हुए ऋषभ वहाँ से उठकर चला गया और रह गये रोहित और तान्या। वो दो प्रेमी जिन्हें ये ही नहीं पता था कि उनका इश्क़ एकतरफा नहीं है बल्कि दोनों के ही दिल में एक-दूसरे के लिए बेपनाह प्यार हैं। एक-दूसरे के हाल-ए-दिल से बेखबर ये दोनों एक-दूसरे के सामने खामोश बैठे थे, लेकिन इनके दिल ने तो यही चाहा होगा कि वक़्त थम जाये और ये यूँ ही एक-दूसरे को चोरी-चोरी देखते रहें तो कभी एक-दूसरे से नज़रें चुराते रहें। वाकई में इस खामोश इश्क़ को शब्दों में बयाँ करना मुमकिन नहीं। यकीनन वक़्त के भी ज़ेहन में ख्याल आया होगा कुछ पल के लिए रुक जाने का लेकिन...।

''रोहित! क्या तुम रिया को जानते हो?'' ऋषभ को वापिस आता देख

तान्या ने बात करने का नाटक किया, लेकिन तान्या द्वारा अचानक पूछे गये इस सवाल से रोहित सकपका गया।

''नहीं नहीं भाभी, कौन रिया, आप किसके बारे में बात कर रही हैं, मैं नहीं जानता किसी रिया को।''

''ऋषभ की दोस्त है वो, मुझे लगा कि तुम उसे जानते होगे।''

''अच्छा वो रिया शर्मा, उसकी बात कर रहीं हैं आप... क्यों ऋषभ सही कहा न मैंने, भाभी रिया शर्मा के बारे में ही पूछ रही हैं न?'' रोहित ने सारी बात ऋषभ के ऊपर डालते हुए कहा।

''हाँ हाँ उसी के बारे में पूछ रही हैं; वो हम आ रहे थे तब वो भाभी से मिलने आयी थी, तब से इनको ऐसा लग रहा है कि उसका और मेरा कुछ है।''

''क्यों कुछ नहीं हैं क्या उसके और तुम्हारे बीच में?'' तान्या के पूछते ही,

''नहीं भाभी ऐसा कुछ नहीं है, आपको ज़रूर कोई गलतफहमी हुई है, बल्कि ऋषभ तो लड़कियों से दूर ही रहता है।'' और ऋषभ, रोहित की एक्टिंग देख मन ही मन कहने लगा वाह बच्चू क्या एक्टिंग की है। लेकिन वो यह अच्छे से जानता है कि अब वो रिया और अपने प्यार को ज्यादा दिन तक नहीं छुपा पायेगा, क्योंकि तान्या की नज़रें उसे जल्द ही पकड़ लेंगी।

''वाह। क्या बात है, इतने सालों में यह कॉलेज कितना ही बदल गया हो लेकिन सैंडविच का स्वाद वैसा की वैसा ही है, मज़ा आ गया आज तो और साथ ही सुमित की याद भी आ गयी।'' और एकाएक तान्या ने बातों का रुख ही बदल डाला, क्योंकि रोहित की बात सुन तान्या समझ गयी कि उसके लिए रिया के बारे में जानना आसान नहीं।

''भाभी, फटाफट सेण्डविच खा लो फिर मैं आपको यहाँ की नयी लाइब्रेरी भी दिखाकर लाता हूँ, बहुत ही अच्छी है और बहुत बड़ी भी। रोहित तू भी चल रहा है न हमारे साथ।'' ऋषभ ने तान्या का ध्यान बँटाने के इरादे से कहा।

''नही यार तुम लोग जाओ मुझे अब निकलना चाहिए, दुकान पर भी तो जाना है।'' ऐसा कहते ही रोहित वहाँ से बेमन से निकल गया।

''नहीं ऋषभ अब घर चलना चाहिए, बहुत देर हो चुकी है मम्मी जी इंतज़ार कर रही होंगी।'' रोहित के जाने के बाद तान्या का भी वहाँ रुकने का मन नहीं

हुआ। तान्या व ऋषभ घर वापिस आकर स्वर्णा से नज़रें चुराते हुए अपने-अपने कमरों में चले गये और डिनर पर भी तान्या के एडमिशन के बारे में किसी ने कोई बात नहीं की। ऋषभ की वो रात रिया के बारे में घर पर कैसे बताये बस इसी कश-म-कश में गुज़री।

ऋषभ को मिला तान्या का साथ

अगले दिन सुबह जब रोहित का फोन आया तो ''हैलो रोहित! हाँ बोल यार क्या हुआ?''

''ऋषभ क्या हुआ अभी सोकर नहीं उठा क्या, तबीयत तो ठीक है तेरी?''

''हाँ यार ठीक है, बस पूरी रात यही सोचने में गुज़र गयी कि घर पर रिया के बारे में कैसे बताऊँ।''

''तू सच कह रहा है यार, मैं समझ सकता हूँ तेरी परेशानी, लेकिन तू तान्या भाभी को तो सब कुछ बता ही सकता है न।''

''हाँ बता तो सकता हूँ लेकिन वो बेचारी भी क्या कर लेंगी, वो तो खुद ही पापा-मम्मी के दिल में जगह बनाने की इतने सालों से कोशिश कर रही हैं।'' ऋषभ ने दुःखी होते हुए कहा।

''बात तो तेरी सही है यार पर उनको बतायेगा तो वो तेरा साथ तो दे ही सकती हैं न, क्योंकि वो तो खुद इस स्थिति से गुज़री हैं मुझे यकीन है वो तेरी परेशानी ज़रूर समझेंगी।''

''हाँ तू सही कह रहा है, मैं आज ही उनसे बात करता हूँ।'' रोहित से बात

करके ऋषभ का दिल अब कुछ हल्का हुआ।

कुछ देर बाद, ''भाभी मुझे आपसे कुछ बात करनी है, क्या आपके पास थोड़ा टाइम होगा अभी?''

''क्या हो गया है ऋषभ तुम्हें, आज इतने औपचारिक क्यों हो रहे हो, सब ठीक तो है न...!''

''हाँ भाभी सब ठीक है, आपने दवाई ली आज की?''

''ऋषभ जो बोलने आये हो वो बोलो, इधर- उधर की बातों में वक़्त बरबाद मत करो।'', तान्या ने ऋषभ को हल्के से डपटते हुए कहा।

''भाभी, वो कल कॉलेज में आपको याद है एक लड़की मिली थी।''

''कौन... रिया?''

''जी... जी भाभी।''

''हाँ तो उसका क्या।''

''भाभी वो मेरी दोस्त है।''

''ऋषभ यह तो मुझे भी पता है कि वो तुम्हारी दोस्त है, अब एक कॉलेज़ में पढ़ोगे तो दोस्ती होना तो स्वाभाविक है।''

''नहीं आप गलत समझ रही हैं, मेरा मतलब हैं कि मैं उससे प्यार करता हूँ।'' ऋषभ के कहते ही कुछ देर के लिए तो कमरे में सन्नाटा छा गया, फिर यकायक ही तान्या ठहाका लगाकर हँस पड़ी।

''तो प्यार में पड़ ही गये मेरे देवर राजा, मैं तो पहले ही समझ गयी थी कि ज़रूर कोई चक्कर है तुम्हारे और रिया के बीच। तो अब बताओ क्या चाहते हो मुझसे; तुम्हारा चेहरा बता रहा है कि तुम बहुत परेशान हो।''

''हाँ भाभी परेशान तो हूँ, आप ही कुछ बताइए कि रिया से शादी के बारे में घर पर सबको कैसे बताँऊ, आप से तो इस घर के लोगों की सोच छुपी नहीं है।''

''लेकिन ऋषभ अभी से शादी, अभी तो तुम्हें और रिया को आगे पढ़ना भी तो है।''

''हाँ भाभी आप सही कह रही हैं, लेकिन रिया का कहना है कि ग्रेजुऐशन

होते ही उसके घरवाले उसका ब्याह करवा देंगे।''

"क्या... ?'' तान्या ने बड़े ही आश्चर्य से पूछा,

"हाँ भाभी मैं सही कह रहा हूँ, उसके घरवाले थोड़े पुराने विचार के हैं।''

"हे भगवान! इस ज़माने में इतने पुराने विचारों का कौन होता है; लेकिन ऋषभ मुझे लगता है कि रिया को अपने परिवारवालों को तुम्हारे बारे में सब कुछ बता देना चाहिए और उन्हें इतनी जल्दी शादी नहीं करने के लिए मना लेना चाहिए। मैं ये गलती कर चुकी हूँ, जहाँ तक मुझसे हो सकेगा मैं तुम्हें ये गलती करने से रोकूँगी।''

"वही तो मुश्किल है भाभी, कैसे बताये वो, क्योंकि मैं तो उससे किसी प्रकार का कोई वादा कर ही नहीं पा रहा हूँ।''

"क्यों?'' तान्या के पूछते ही,

"क्या आप जानती नहीं हैं इस घर के बड़ों की सोच।''

"नहीं ऋषभ वो बात नहीं है, बल्कि मुझसे ज्यादा इस बात को समझ भी कौन सकता है; तुम ऐसा करो अपनी पढ़ायी ज़ारी रखो और रिया से कहो कि वो भी अपने घरवालों से कहे कि वो आगे पढ़ना चाहती है। तब तक के लिए तुम दोनों को और टाइम मिल जायेगा और तुम्हारी पढ़ायी भी पूरी हो जायेगी और उसके बाद एक अच्छी-सी नौकरी करके तुम रिया के घरवालों से मिलने जाओगे तो वो इस रिश्ते के लिए कभी भी मना नहीं कर पायेंगे।''

"भाभी यह तो उसके घरवालों की बात हुई, लेकिन पापा-मम्मी का क्या, उन्हें कौन समझायेगा?''

"मैं हूँ न, मैं समझाऊँगी उन्हें। मेरे और सुमित के साथ कोई नहीं था, अकेले ही हमने यह जंग लड़ी, लेकिन तुम्हारे साथ कोई हो या न हो मैं हमेशा रहूँगी, लेकिन कुछ भी आगे सोचने से पहले तुम दोनों को अपनी पढ़ायी पूरी करनी होगी और एक अच्छी-सी नौकरी की शुरूआत।'' तान्या ने ऋषभ को अपनी ओर से आश्वस्त करते हुए कहा।

"थैंक्स भाभी, आप नहीं जानतीं कि आपने मेरा कितना बड़ा टेंशन खत्म कर दिया है थैंक यू भाभी थैंक यू, आप बहुत अच्छी हैं।'' ऋषभ के दिल से आज एक बहुत बड़ा बोझ उतर गया।

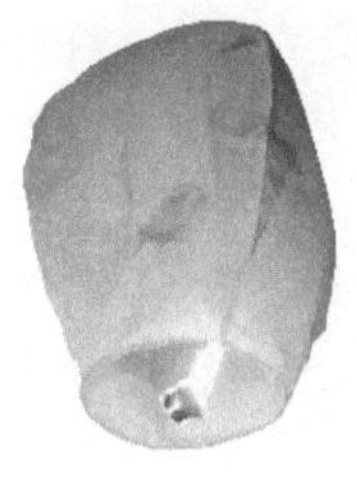

इज़हार-ए-इश्क़

अब ऋषभ और रोहित दोनों का केवल एक ही मक़सद था और वो था अच्छी से अच्छी एजुकेशन लेकर अपने पैरों पर खड़ा होना ज़िससे कि उन्हें अपने प्यार को हासिल करने में किसी प्रकार की कोई परेशानी न आये। इसी वजह से अब बगैर छुट्टी किये रोहित रोजाना ही कॉलेज जाने लगा। लेकिन उसकी रोजाना कॉलेज जाने की मुख्य वजह तो तान्या थी, क्योंकि अब वो भी उसी कॉलेज में जो पढ़ती थी। अब तो किसी न किसी बहाने से रोहित और तान्या की मुलाक़त होती रहती, कभी क्लास के बाहर तो कभी कैण्टीन में खाना खाने के बहाने।

अजीब कश्मकश थी... दो प्रेमी एक-दूसरे से प्यार तो करते थे, लेकिन कहने की हिम्मत किसी में भी नहीं थी। ये प्रेम कहानी कैसे मुकम्मल होगी या फिर होगी भी या नहीं कोई नहीं जानता था। हाँ बस कॉलेज में रोहित कोई भी मौका नहीं छोड़ता तान्या से मिलने का और तान्या भी रोहित को चोरी-चोरी देखती रहती। लेकिन इन दोनों का हाल-ए-दिल एक-दूसरे से छुप नहीं पाया और एक दिन न जाने कैसे रोहित को तान्या के हाव-भाव से कुछ ऐसा लगा कि वो उससे प्यार करती है और ऐसा ही कुछ-कुछ तान्या को भी रोहित के लिए लगने लगा। लेकिन इस बात की पहल करने की हिम्मत दोनों में से किसी के

पास भी नहीं थी। कुछ दिन और ऐसे ही गुज़र गये। फिर एक दिन न जाने कहाँ से रोहित में इतनी हिम्मत आ गयी कि उसने डरते ही डरते ही सही तान्या को आई.लव.यू. कह ही दिया, और तान्या भी अपनी भावनाओं को छुपा नहीं पायी और शुरू हो गयी इन दो प्रेमियों की प्रेम-कहानी और उसके बाद शुरू हुआ इन दो प्रेमियों का घण्टों तक एक-दूसरे की आँखों में आँखें डाल एक दूसरे से बातें करना।

एक दिन जब ये दोनों एक-दूसरे के प्यार में डूबे प्यार भरी बातें कर ही रहे थे कि तान्या ने अचानक से रोहित से पूछा कि, ''रोहित! तुम्हे बच्चे कैसे लगते हैं?''

''बच्चे? अच्छे लगते हैं, लेकिन ये तुम्हें अचानक बच्चों का खयाल कैसे आया?''

''जानते हो रोहित मैं हमेशा से चाहती थी कि मेरे दो या तीन छोटे-छोटे बच्चे हों और मैं उनके साथ खूब खेलूँ, खूब मस्ती करूँ लेकिन...'' ऐसा कहते-कहते तान्या उदास हो गयी।

''तुम उदास क्यों हो गयी तान्या; पहले हमारी शादी हो जाने दो फिर बच्चे भी हो जायेंगे, कुछ तो सब्र करो।'' ऐसा कहकर रोहित ने जैसे ही तान्या के गाल को प्यार से खींचा वो शरमा गयी।

लेकिन अगले ही पल,'' रोहित, क्या तुम मुझसे एक वादा करोगे?''

''हाँ तान्या बोलो क्या करूँ मैं तुम्हारे लिए, तुम्हारे कदमों में सारे जहाँ की खुशियाँ बिखेर देगा ये बंदा।''

''नहीं मुझे सारे जहाँ की खुशियाँ नहीं चाहिए, मैं तो बस इतना चाहती हूँ कि अगर किसी वजह से हमारे बच्चे नहीं हुए तो हम एक अनाथाश्रम खोलेंगे और फिर उसमें आने वाले हर बच्चे की परवरिश बिलकुल ऐसे करेंगे जैसे कि वो हमारे ही बच्चे हों।'' तान्या ने रोहित की ओर उम्मीद भरी नज़रों से देखते हुए जैसे ही कहा रोहित ने उसका हाथ अपने हाथों लेते हुए ये वादा किया कि वो उसकी इस इच्छा को ज़रूर पूरा करेगा।

इसी प्रकार एक-दूसरे में इस कदर खो जाना कि दुनियादारी का कोई होश ही नहीं रहना ये सब बातें इन दोनों के रिश्ते में अब आम हो चुकी थीं और इन

दोनों का ये प्यार ज्यादा दिन तक दुनिया से छुप नहीं पाया और कॉलेज के कई स्टूडेंट्स को इन दोनों के हाव-भाव देख इन दोनों पर शक होने लगा और इस बात का शक कुछ हद तक ऋषभ को भी हुआ, लेकिन फिर भी वो इस बात को देखकर भी अनदेखा कर रहा था। लेकिन एक दिन उससे रहा नहीं गया और उसने इस बारे में रोहित से पूछ ही लिया,'' यार रोहित। आजकल कॉलेज में तेरे और तान्या भाभी के बारे में उल्टी-सीधी बातें हो रही हैं, तुझे कुछ कहना है इस बारे में?''

''मुझे... मैं क्या कहूँ इस बारे में, मुझे क्या पता स्टूडेंट्स ऐसा क्यों कह रहे हैं।'' रोहित ने जैसे नज़रें चुराते हुए कहा।

''तो कौन कहेगा इस बारे में कुछ, तुझे कुछ अंदाज़ा भी है तेरी वजह से मेरी भाभी की बदनामी हो रही है।''

''ऋषभ दोस्त ऐसा क्यों बोल रहा है, तुझे ऐसा क्यों लगता है कि जो भी हो रहा है उसमे मेरी गलती है?''

''मेरी भाभी का नाम तेरे साथ जोड़ा जा रहा है तो फिर गलती तो तेरी ही हुई न''

''ऋषभ ये भी तो हो सकता है न इसमें गलती किसी की भी न हो सिर्फ प्यार हो।''

''चुप हो जाओ रिया अब एक शब्द और आगे नहीं!'' वहाँ अचानक आयी रिया पर ऋषभ ने चिल्लाते हुए कहा।

''नहीं ऋषभ मैं चुप नहीं रहूँगी, ये भी तो हो सकता है कि ये दोनों एक-दूसरे से प्यार करते हों। गलती रोहित की ही नहीं बल्कि तान्या भाभी की भी हो और यही वजह हो सकती है कि वो खुद को इससे दूर नहीं रख पाती हो और तुम्हे लगता हैं कि सारी गलती रोहित की है।'' रिया ने जो भी कुछ अभी कहा उसे सुन ऋषभ को बहुत तेज़ गुस्सा आया और रोहित इन दोनों की बहसबाज़ी बीच में ही छोड़ वहाँ से चला गया जिस ओर ऋषभ व रिया में से किसी का भी ध्यान नहीं गया।

''बकवास बंद करो रिया!'' ऋषभ ने लगभग चिल्लाते हुए कहा।

''हाँ ऋषभ मैं सच कह रही हूँ, तान्या भाभी व रोहित एक-दूसरे से प्यार

करते हैं और ये इन दोनों की आँखों में साफ दिखता है, पता नहीं तुम्हें नज़र क्यों नहीं आता।'' लेकिन ऋषभ को रिया की कही बात पर विश्वास ही नहीं हुआ और वो तान्या के पास चला गया सारी सच्चाई जानने के लिए।

''भाभी ये मैं क्या सुन रहा हूँ!''

''क्या ऋषभ?''

''क्या आप रोहित से प्यार करती हैं?'' तान्या, ऋषभ द्वारा पूछे गये इस सवाल के लिए बिलकुल भी तैयार नहीं थी इसलिए सकपका गयी।

''ये तुम क्या कह रहे हो ऋषभ मुझे कुछ समझ नहीं आ रहा।'' तान्या को ऋषभ से रोहित के बारे में छुपाना बिलकुल भी अच्छा नहीं लग रहा था, लेकिन न जाने क्यों वो सच कह ही नहीं पा रही थी।

''मैं जानता था रिया जो कुछ कह रही है वो गलत है, अब तो खैर नहीं उस रोहित की, उसकी वजह से पूरे कॉलेज में मेरी भाभी की बदनामी हो रही है।'' ऐसा बोलकर ऋषभ जैसे ही जाने लगा।

''ठहरो ऋषभ! मुझे तुमसे कुछ कहना है। रिया ने तुमसे जो कुछ भी कहा वो सच है, हाँ मैं रोहित से प्यार करती हूँ और वो भी मुझसे प्यार करता है। जानते हो ऋषभ, सुमित के जाने के बाद रोहित वो पहला इंसान हैं जिसमें मैंने एक दोस्त को पाया, एक हमसफर को पाया; उसे देखकर मुझे ऐसा लगा कि ये ही वो इंसान है जो मेरी कदर कर सकता है, मेरी कमियों को नज़रअंदाज़ कर मुझसे प्यार कर सकता है। जानते हो ऋषभ, मैं रोहित से कभी अपने प्यार का इज़हार करने की हिम्मत ही नहीं जुटा पायी। मैं एक विधवा हूँ, एक अपाहिज़ हूँ, बस इन्ही बातों ने मुझे रोककर रखा, लेकिन जब रोहित ने खुद मुझसे कहा कि वो मुझसे प्यार करता है तो मुझे विश्वास ही नहीं हुआ; मुझे तजुर्बा है प्यार का, जानती हूँ उसे मुझसे सच्चा प्यार है, उसे कोई फर्क नहीं पड़ता कि मैं एक अपाहिज हूँ या विधवा हूँ।'' तान्या की बातें सुन ऋषभ खुद को नहीं रोक पाया और रोहित से मिलने चला गया। लेकिन जब बहुत ढूँढ़ने के बाद भी उसे रोहित कॉलेज़ में नहीं मिला तो वह उसके घर पहुँच गया।

''नमस्ते आण्टी, रोहित है?''

''रोहित... वो तो कॉलेज गया था न, पहुँचा नहीं क्या?'' मंजरी की आवाज़

में घबराहट साफ़ झलक रही थी।

"नहीं नहीं आण्टी ऐसी कोई बात नहीं है, वो कॉलेज आया था, लेकिन कोई ज़रूरी काम है कहकर निकल गया।"

"ओह मैं तो घबरा ही गयी थी... हो सकता है बेटा वो दुकान गया हो, शायद माल आने वाला हो।"

"हाँ हाँ ये हो सकता है, मैं दुकान में जाकर देख लेता हूँ।" और ऋषभ बिना वक़्त बरबाद किये दुकान के लिए रवाना हो गया, लेकिन जब वहाँ पहुँचकर पता चला कि रोहित तो यहाँ आया ही नहीं है तो उसका टेंशन और बढ़ गया।

"कहाँ होगा मेरा दोस्त इस वक़्त... रोहित मुझे माफ़ कर दे मेरे दोस्त..." ऋषभ अभी रोहित की दुकान के बाहर खड़ा बड़बड़ा ही रहा था कि अचानक से रोहित आ गया।

"रोहित! कहाँ चला गया था तू?"

"ऋषभ तू यहाँ, क्या हुआ सब ठीक तो है न!"

"हाँ सब ठीक हो जायेगा बस तू मुझे माफ़ कर दे।"

"माफ़ी? वो किस बात के लिए।"

"आज कॉलेज में जो कुछ मैंने तुझसे कहा उसके लिए।"

"ओह! वो सब भूल जा दोस्त, तू अपनी जगह बिलकुल सही है, बल्कि मुझे ही अपनी मर्यादा समझनी चाहिए थी।"

"कहीं तू मेरी भाभी के हालात पर तरस खाकर कोई एहसान तो नहीं कर रहा।" ऋषभ द्वारा अचानक पूछते ही,

"नहीं, अगर ऐसा होता तो पूरी ज़िन्दगी उनके साथ गुज़ारने का फ़ैसला नहीं करता, उनकी खुशी में खुश और उनके दुःख में दुःखी नहीं होता; मेरी निगाहें हर वक़्त उन्हें एक नज़र देखने के लिए तरसती नहीं। ऋषभ, मैं नहीं जानता कि इस वक़्त तू मेरे बारे में क्या सोच रहा है, लेकिन हाँ ये सच है कि तान्या को पाने के लिए मुझसे जो हो सकेगा वो मैं करूँगा, कोई मेरा साथ दे या न दे ज़रूरत पड़ी तो ये लड़ाई अकेला ही लड़ूँगा।", रोहित के अपनी बात ख़त्म

करने के बाद वहाँ कुछ देर तक सन्नाटा छाया रहा, फिर थोड़ी देर बाद ऋषभ ने ही इस चुप्पी को तोड़ा।

"तो फिर कब प्रपोज़ कर रहा है भाभी को?"

"क्या! क्या कहा तूने...।"

"अरे भई मैं पूछ रहा हूँ कब प्रपोज़ कर रहा है तू भाभी को?"

"इसका मतलब तुझे कोई ऐतराज़ नहीं है?"

"नहीं बल्कि मुझे तो गर्व है कि मैं तेरा दोस्त हूँ, जिसने मेरी भाभी की कमियों को नज़रअंदाज़ कर उन्हें सच्चे दिल से अपनाया है; मैं तेरे साथ हूँ रोहित, अब इस लड़ाई में तू अकेला नहीं बल्कि मैं और रिया भी तेरे साथ हैं।"

"और श्रुति दीदी और जीजू भी।"

"क्या! तेरी दीदी को भी पता हैं तेरे और भाभी के बारे में?"

"हाँ पता है और उन्होंने वादा भी किया है कि वो हर हाल में मेरा साथ देंगी।"

"फिर तो तेरी सारी मुश्किलें ही ख़त्म हो गयीं, हम सब मिलकर अपने-अपने पेरेंट्स को मना ही लेंगे और सबसे बड़ी बात तान्या भाभी भी तुझसे प्यार करती हैं।"

"हाँ दोस्त, लेकिन परिवार वालों को इस रिश्ते के लिए मनाना आसान नहीं होगा।"

"हाँ ये तो है लेकिन हम हिम्मत नहीं हारेंगे; मेरे लिए तो ये खुशी की बात है कि मेरी भाभी की ज़िन्दगी सँवर जायेगी, उनको ऐसा जीवनसाथी मिलेगा जिसे न तो उनकी सूनी माँग नज़र आयी और न ही उनकी व्हील-चेयर।" कहते-कहते अचानक से ऋषभ की आँख भर आयी और वो भावुक होते हुए एकदम से रोहित के गले से जा लगा। आज रोहित के लिए बहुत खुशी का दिन था। ऐसा लग रहा था जैसे ऊपरवाला खुद उसके प्यार के साथ है इसलिए तो हर कोई उसका साथ देने के लिए तैयार था और सबसे बड़ी बात तान्या खुद उससे प्यार करती थी।

"चले अब, मुझे दुकान भी जाना है।" रोहित ने ऋषभ को खुद से अलग करते हुए कहा।

''हाँ हाँ मैं भी चलता हूँ, बहुत देर हो गयी, घर पर मम्मी इंतज़ार कर रही होंगी'' और दोनों दोस्त अपने-अपने रास्ते निकल गये।

रोहित का एक्सिडेंट

उस दिन रोहित ने दुगुने उत्साह से दुकान पर काम किया। वो बहुत खुश था और हो भी क्यों न, उसका दोस्त और उसकी बहन दोनों ही उसके साथ थे। अब उसमें हिम्मत आ चुकी थी और उसे यकीन हो चुका था कि अब तान्या और उसको एक होने से कोई नहीं रोक सकता। लेकिन बदकिस्मती से उसकी ये खुशी ज्यादा वक़्त तक नहीं टिक पायी। रात को दुकान से घर वापिस जाते समय रोहित का एक्सिडेंट हो गया। दायें पैर में फ्रैक्चर हुआ था। डॉक्टर ने तीन हफ्ते का प्लास्टर चढ़ा दिया। उसकी इस स्थिति के बारे में जब तान्या को पता चला तो वो रोहित से मिलने के लिए बैचेन हो गयी और उधर रोहित भी तान्या को एक नज़र देखने के लिए बैचेन हो रहा था। ऐसे में इनकी मदद की ऋषभ ने।

अगले दिन दोपहर के लगभग तीन बजे का वक़्त होगा, ‘‘अरे ऋषभ बेटा आओ आओ... वैसे तुमने क्यों तकलीफ़ की, रोहित की तबीयत अब पहले से ठीक हैं।’’

‘‘नहीं आण्टी इसमें तकलीफ कैसी, वैसे मेरे साथ तान्या भाभी भी आयी हैं रोहित से मिलने।’’

‘‘क्या...? तान्या, अरे बेटा उसे क्यों तकलीफ दी।’’

‘‘आण्टी, भाभी अभी गाड़ी में हैं, अगर आपको कोई ऐतराज़ न हो तो मैं उन्हें अंदर ले आऊँ।’’

‘‘अरे बेटा तुम भी कमाल करते हो, अब उस बेचारी को गाड़ी में क्यों छोड़ आये; जाओ फटाफट अंदर लेकर आओ।’’ और कुछ ही देर में ऋषभ तान्या को लेकर अंदर आ गया।

‘‘नमस्ते आण्टी।’’ तान्या के कहते ही,

‘‘नमस्ते तान्या बेटा कैसी हो और तुमने आने की क्यों तकलीफ की, रोहित के हाल-चाल तो तुम फोन पर भी पूछ सकती थी।’’

‘‘आण्टी इसमें तकलीफ कैसी।’’

‘‘अच्छा तुम लोग रोहित के कमरे में चलो मैं अभी तुम्हारे लिए कुछ नाश्ता बना देती हूँ।’’

‘‘जी आण्टी’’ ऐसा कहते हुए ऋषभ, तान्या की व्हील-चेयर खिसकाते हुए रोहित के कमरे की ओर ले गया और जैसे ही रोहित ने तान्या को अपनी ओर आते हुए देखा तो उसे विश्वास ही नहीं हुआ।

‘‘हाय रोहित! कैसे हो?’’

‘‘मैं... मैं ठीक हूँ आप लोग यहाँ....!’’ तान्या को अपने सामने देख रोहित को समझ ही नहीं आ रहा था कि क्या बात करे।

‘‘हाँ तुम्हारे हाल-चाल जानने आये थे।’’ तान्या ने कहा।

‘‘अरे यार रोहित मुझे एक ज़रूरी काम याद आ गया मैं अभी थोड़ी देर में आता हूँ, तब तक भाभी यहीं हैं।’’ ऐसा कहते ही ऋषभ बिना किसी की प्रतिक्रिया जाने कमरे से निकल गया। ऋषभ के जाने के बाद वहाँ कुछ देर तक ख़ामोशी छायी रही।

‘‘ये ऋषभ कहाँ चला गया?’’ अचानक से मंजरी ने आकर कहा।

‘‘मम्मी उसे कोई ज़रूरी काम था आता ही होगा।’’

‘‘तान्या बेटा लो ये नाश्ता करो, तुम्हारे लिए स्पेशल गरमागरम पनीर के पकौड़े बनाए हैं मैंने।’’

''आण्टी आपने क्यों तकलीफ की।''

''जब तुम मेरे बेटे को देखने के लिए यहाँ तक आने की तकलीफ कर सकती हो तो क्या मैं पकौड़े बनाने की तकलीफ नहीं कर सकती... अच्छा तुम दोनों बातें करो मैं ज़रा तुम्हारे अंकल को दवाई दे दूँ।'' और मंजरी वहाँ से चली गयी।

''ये तुमने क्या कर लिया रोहित, अगर तुम्हें कुछ हो जाता तो मैं कैसे रहती तुम्हारे बिना।''

''फिक्र मत करो तान्या, छोटा-सा फ्रैक्चर हुआ है जल्द ही ठीक हो जायेगा।''

''नहीं ये सब मेरी वजह से हुआ है, मेरी मनहूसियत का साया तुम्हारे ऊपर भी आ गया, अब ये साया हमें जुदा कर देगा।''

''ये क्या बकवास कर रही हो तुम; हम दोनों एक-दूसरे से प्यार करते हैं और हम एक-दूसरे के लिए कभी मनहूस नहीं हो सकते।''

''तुम सच कह रहे हो रोहित, हम एक-दूसरे से प्यार करते हैं; एक दिन हम शादी करेंगे एक-दूसरे से तो फिर कोई भी हमें जुदा नहीं कर पायेगा, मेरी मनहूसियत भी नहीं।'' बदकिस्मती से ये बात मंजरी ने सुन ली।

''क्या... क्या कहा तूने, शादी तू करेगी मेरे बेटे से, तूने सोचा भी कैसे ये... अरे तू ये कैसे भूल सकती है कि तू एक अपाहिज है और विधवा भी, अरे तुझे मेरा ही बेटा मिला था क्या।''

''आण्टी आप गलत समझ रही हैं।''

''तू होती कौन है मुझे कुछ समझाने वाली।''

''मम्मी अब बस भी करो, इसमें तान्या की कोई गलती नहीं है बल्कि मैं भी उससे प्यार करता हूँ।''

''हे भगवान किस्मत फूट गयी मेरी तो, पूरी दुनिया को छोड़कर इस अपाहिज से ही प्यार होना था तुझे।''

''मम्मी इसलिए तो कहते है कि प्यार अन्धा होता है।''

''बेशर्म! जुबान चलाता हैं मुझसे और तू क्या बैठी है यहाँ पर, अपने देवर को फोन करके बुला और जा उसके साथ... और खबरदार जो आज के बाद मेरे बेटे के आस-पास नज़र भी आयी तो मुझसे बुरा कोई नहीं होगा।'' इतने में ही वहाँ ऋषभ भी आ गया।

''क्या हुआ इतना शोर क्यों हो रहा है?''

''ये बात तुम अपनी बदचलन भाभी से पूछो जो मेरे भोले-भाले बेटे पर डोरे डाल रही हैं।''

''मम्मी प्लीज चुप हो जाओ, मैंने कहा न तान्या ही नहीं मैं भी उससे प्यार करता हूँ।''

''अरे तू तो भोला है बेटा, इसी ने अपनी बातों के जाल में फँसाया होगा तुझे।''

''आण्टी एक मिनट, आप मेरी भाभी की बेइज़्ज़ती कर रही हैं जो मैं बर्दाश्त नहीं कर सकता।''

''अरे नहीं बर्दाश्त हो रहा है तो निकल क्यों नहीं जाते यहाँ से।'' और जैसे ही ऋषभ, तान्या की व्हील-चेयर को मोड़कर कमरे से निकलने लगा,

''रुक जा ऋषभ! मुझे कुछ कहना है... मम्मी आपको पसन्द हो या न हो इस बात से मुझे कोई फ़र्क नहीं पड़ता हैं, मैं तान्या से प्यार करता हूँ और शादी भी उससे ही करूँगा।''

''अरे कुछ तो शर्म कर बेशर्म, अगर तेरे पापा ने सुन लिया तो वो तो जीते जी ही मर जायेंगे।'' मंजरी अपना सिर पकड़कर वहीं कमरे में एक तरफ बैठ गयी और ऋषभ भी बिना किसी से कुछ कहे चुपचाप तान्या को लेकर वहाँ से निकल गया। पूरे रास्ते तान्या और ऋषभ के बीच इस बारे में कोई बात नहीं हुई, लेकिन रोहित के घर तो मानो भूचाल आ गया।

''श्रुति, तू इसी वक़्त यहाँ आ जा।'' मंजरी ने फोन करके श्रुति को बुलवा लिया।

''क्या हुआ मम्मी घर में सब ठीक तो हैं न?''

''अरे ठीक होता तो तुझे बुलाती क्या; तेरे भाई की बुद्धि भ्रष्ट हो गयी है,

कह रहा है कि उस ऋषभ की अपाहिज विधवा भाभी से शादी करेगा।'' इतना बोलते ही श्रुति सब कुछ समझ गयी।

"मम्मी मैं अभी आती हूँ।''

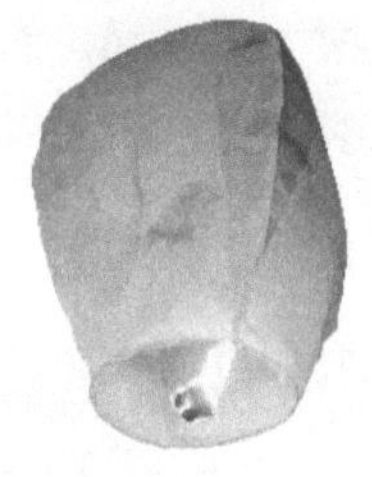

प्यार के दुश्मन

कुछ देर बाद श्रुति के आते ही मंजरी ज़ोर-ज़ोर से रोने लगी।'' मम्मी ये क्या कर रही हो, घर में कोई मर नहीं गया है, तुम्हारे बेटे को प्यार हुआ है बस और कुछ नहीं।''

''हाँ प्यार हुआ है लेकिन उस अपाहिज से।''

''तो तो क्या हुआ अपाहिज इंसान नहीं होते, उनके ज़ज़्बात नहीं होते, उन्हें प्यार करने का हक़ नहीं होता...!''

''अरे तेरी तो मति मारी गयी है, अपने भाई को समझाने के बजाय मुझसे ही ज़ुबान लड़ा रही है।''

''मम्मी मैं ज़ुबान नहीं लड़ा रही हूँ बल्कि तुम्हें समझा रही हूँ कि ये प्यार गलत नहीं हैं।''

''पागल हो गये हैं सब पागल... लेकिन मैं अपने बेटे की ज़िन्दगी बरबाद नहीं होने दूँगी। निकल जा तू इसी वक़्त यहाँ से, जा अपने ससुराल वापिस, मुझे बात नहीं करनी तुझसे।'' गुस्से से आगबबूला होती हुई मंजरी अपने कमरे में चली गयीं।

"रोहित क्या हुआ, ये सब बातें मम्मी को कैसे पता चलीं?'' रोहित ने तान्या के आने पर जो कुछ भी हुआ सब विस्तार से श्रुति को बता दिया।

"ये तो बहुत बड़ी गड़बड़ हो गयी।''

"हाँ दीदी लेकिन तुम मेरा साथ मत छोड़ना।''

"पागल हो गया है क्या तू, वादा किया है मैंने तुझसे कैसी भी परिस्थिति हो तेरा साथ नहीं छोड़ूँगी।''

"दीदी मैं अपने आपको बहुत ही बेबस महसूस कर रहा हूँ, ये मेरा एक्सीडेंट भी अभी होना था।''

"रोहित तू शांत हो जा सब ठीक हो जायेगा... मैं अभी चलती हूँ यश ऑफिस से आते ही होंगे।'' ऐसा कहते हुए श्रुति अपने ससुराल जाने के लिए निकल गयी। उस शाम रोहित के घर खाना नहीं बना। सब भूखे ही सो गये। दूसरी ओर तान्या भी सिर दर्द का बहाना बना बिना कुछ खाये ही सो गयी।

अगले दिन अचानक से सुबह-सुबह ही मंजरी, ऋषभ के घर पहुँच गई। सुबह जल्दी पहुँचने की वजह से घर के सभी सदस्य अभी सोकर नहीं उठे थे, बस स्वर्णा ही उठकर सैर पर जाने की तैयारी कर रही थी, "अरे मंजरी जी आप यहाँ इतनी सुबह-सुबह, सब ठीक तो है न, आइए अंदर बैठकर बात करते हैं।''

"नहीं स्वर्णा जी, बैठने का तो समय ही नहीं हैं मेरे पास और अगर सब ठीक होता तो मैं यहाँ क्यों आती।''

"क्या... रोहित तो ठीक है न!''

"हाँ वो ठीक है, लेकिन आप अपनी बहू को सँभालिए।''

"तान्या को? लेकिन उसे क्या हुआ है?''

"स्वर्णा जी, प्यार करने लगी है आपकी बहू मेरे बेटे से।''

"मंजरी जी ये क्या बकवास कर रही हैं आप....!''

"अगर आपको मेरी बात बकवास लग रही है तो आप खुद क्यों नहीं अपनी बहू से पूछ लेतीं।''

"हाँ-हाँ पूछ लूँगी और मुझे विश्वास है कि जो भी कुछ आपने कहा वो गलत

ही निकलेगा।''

''ओह इतना विश्वास! ख़ैर कोई बात नहीं, मैं तो बस इतना कहने आयी थी कि ज़रा आप अपनी बहू के पैरों में बेड़ियाँ डालकर रखिए, इतनी छूट देना भी सही नहीं हैं कि वो गैर मर्दों पर डोरे डालती फिरे।''

''मंजरी जी अगर आपकी बकवास ख़त्म हो गयी हो तो आप यहाँ से जा सकती हैं।'' ऐसा कहते हुए स्वर्णा ने झट से दरवाज़ा बंद कर लिया और गुस्से से तान्या के कमरे की ओर जाने लगीं।

''तान्या जल्दी उठो, मुझे तुमसे एक ज़रूरी बात करनी है।''

''क्या हुआ मम्मी जी सब ठीक तो है न...!'' स्वर्णा को अपने कमरे में देख तान्या हड़बड़ाकर उठ बैठी।

''ये मैं क्या सुन रही हूँ, क्या तुम रोहित से प्यार करने लगी हो?'' यूँ अचानक से स्वर्णा के मुँह से ये बात सुन तान्या के पैरों तले ज़मीन खिसक गयी। वो अचानक हुए इस हमले के लिए कतई तैयार नहीं थी।''

''मम्मी जी आप ये क्या कह रही हैं, किसने कहा आपसे?''

''अभी मंजरी जी आयी थीं वही कहकर गयी हैं; तान्या कान खोलकर सुन लो इस बात में अगर ज़रा भी सच्चाई हुई तो मुझसे बुरा कोई नहीं होगा।''

''क्या बुरा कर देंगी मम्मी आप हमारा?'' उसी वक़्त वहाँ पर ऋषभ आ गया।

''तू बीच में मत पड़ बेटा मैं तेरी भाभी से बात कर रही हूँ, बोलो तान्या क्या तुम रोहित से प्यार करने लगी हो?''

''न नहीं नहीं तो, नहीं तो मम्मी जी।''

''आप किससे डर रही हैं भाभी, कह क्यों नहीं देतीं कि आप रोहित से प्यार करती हैं। हाँ मम्मी, भाभी रोहित से प्यार करती हैं और रोहित भी उनसे प्यार करता है और मैं इन दोनों के साथ हूँ, इन्हें एक करने के लिए मैं किसी भी हद तक जा सकता हूँ।''

''बुद्धि खराब हो गयी है तेरी तो ऋषभ जो गलत का साथ दे रहा है।''

''इसमें गलत क्या है मम्मी?''

''अरे किसी विधवा को ये हक़ नहीं है कि वो अपने पति के जाने के बाद दुबारा अपनी गृहस्थी बसाये।''

''क्यों मम्मी, विधवा को जीने का हक़ नहीं है क्या, अगर एक्सीडेंट में भाभी को कुछ हो जाता और भैया बच जाते तो भी क्या आप यही कहतीं?''

''नहीं क्योंकि मर्दों की बात अलग है, उन्हें दूसरी शादी करने का हक़ है, लेकिन औरतों को ये हक़ नहीं।''

''वाह मम्मी वाह! क्या बात है, बहुत शर्मिंदगी की बात है कि आप मेरी मम्मी हैं।''

''ऋषभ, तमीज से बात करो मम्मी जी से, ये मत भूलो कि वो तुम्हारी माँ हैं।''

''भाभी आप भी हद करती हैं, अब बहुत हो गया, लड़िए अपने लिए और अपने प्यार के लिए।''

''तान्या, क्या ऋषभ सही कह रहा है, क्या तुम वाकई में रोहित से प्यार करने लगी हो, बोलो तान्या मैं तुमसे कुछ पूछ रही हूँ!'' स्वर्णा ने एकदम से चिल्लाकर पूछा।

''जी मम्मी जी, मैं रोहित से प्यार करती हूँ।'' तान्या के इतना कहते ही स्वर्णा का उसके ऊपर हाथ उठ गया।

''बेशर्म! कुछ तो अपने ससुराल वालों की इज़्ज़त का ख्याल कर लिया होता।''

इतने में ही वहाँ रजत भी आ गये, ''अरे भइ सुबह-सुबह इतना शोर क्यों हो रहा है?''

''शोर कैसा अब तो तुम्हारी बहू ने हमें किसी के साथ बात करने लायक नहीं छोड़ा।''

''क्या कहना चाहती हो तुम साफ़-साफ़ बताओ।'' रजत द्वारा स्वर्णा से पूछते ही,

"इश्क़ हो गया है तुम्हारी बहू को"

"क्या... मैं कुछ समझा नहीं!"

"अरे इसमें समझने लायक है ही क्या, दिल दे बैठी है तुम्हारी बहू अपना, रोहित को।"

"रोहित...!"

"हाँ ऋषभ का दोस्त रोहित, मेरी तो समझ में ही नहीं आता कि उस लड़के को आख़िरकार इस विधवा अपाहिज में ऐसा क्या दिखा।"

"बस मम्मी जी इसके आगे एक शब्द नहीं! अगर मैं विधवा हूँ तो क्या इसमें मेरी गलती है, अगर मैं अपाहिज हूँ तो क्या इसमें मेरी गलती है। दिन-रात आप मुझे ताने मारती रहती हैं, कभी सोचा है। कि ये सब सुनकर मेरे दिल पर क्या बीतती है, कैसा लगता होगा मुझे। मम्मी जी मैं भी इंसान हूँ मुझे भी दर्द होता है, आपके ताने मुझे भी चुभते हैं, मेरे पास भी एक दिल है... अगर ये दिल किसी पर आ गया तो बताइए मैं क्या करूँ।"

"हाँ मम्मी, भाभी सही कह रही हैं और आप ये भी तो देखिए कि रोहित भी भाभी से प्यार करता है सच्चे दिल से, उसे तो अपने प्यार के आगे भाभी की कोई भी कमी नज़र नहीं आती।"

"दिमाग खराब हो गया है तुम दोनों का तो और उस रोहित का भी; अरे जब ये बात समाज में फैलेगी तो हम किसी को मुँह दिखाने लायक नहीं रहेंगे।"

"तुम बिलकुल सही कह रही हो स्वर्णा और अब अच्छा यही होगा कि आज से बहू का घर से बाहर निकलना बंद, उसका कॉलेज जाना भी बंद और स्वर्णा, बहु से उसका फोन भी ले लो और हाँ आज के बाद मुझे उस लड़के रोहित की शक्ल भी नहीं दिखायी देनी चाहिए।" ऐसा कहते हुए रजत गुस्से से दनदनाते हुए कमरे से बाहर चले गये और स्वर्णा भी उनके पीछे-पीछे चल दी। ऋषभ को भी कुछ समझ नहीं आ रहा था कि वो क्या कहे। बस अपना मुँह लटकाकर वो भी अपने कमरे की ओर चला गया और सबके जाते ही तान्या एकाएक फूट-फूटकर रोने लगी।

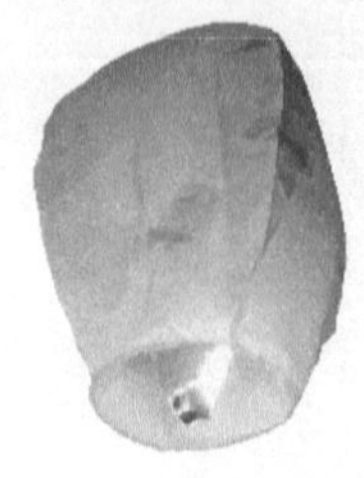

तान्या व रोहित हुए मजबूर

दूसरी ओर रोहित के घर पर, ''मम्मी! आप सुबह-सुबह कहाँ चली गयी थीं?''

''वहीं ऋषभ के यहाँ।''

''लेकिन क्यों...?''

''स्वर्णा जी से ये कहने कि अपनी बहू को काबू में रखें।''

''मम्मी, ये मत भूलिए कि मैं भी तान्या से प्यार करता हूँ।''

''अरे तू तो भोला है बेटा, मैं जानती हूँ उसने ही तुझ पर कोई जादू-टोना किया होगा।''

''बस मम्मी अब बस भी करो, मुझे अभी तान्या से बात करनी होगी।'' ऐसा कहते ही रोहित, तान्या को फोन लगाने लगा, लेकिन मंजरी ने उसके हाथ से फोन छीन लिया।

''खबरदार! जो तूने उससे फोन पर भी बात की तो मुझसे बुरा कोई नहीं होगा।'' ऐसा कहते हुए मंजरी, रोहित का फोन अपने साथ ले गयीं और बेबस

लाचार रोहित बस देखता ही रह गया।

शाम को जब श्रुति व यश रोहित से मिलने आये तो, ''दीदी जीजू, देखो मेरी बदकिस्मती मैं तान्या से बात भी नहीं कर पा रहा हूँ, मम्मी मेरा फोन छीनकर ले गयीं।''

''तो तू चिंता क्यों कर रहा है, ले मेरा फोन और इससे कर तान्या से बात।'' श्रुति के कहते ही रोहित ने उससे उसका फोन छीन लिया और हड़बड़ाहट में तान्या को फोन लगाने लगा। लेकिन उसका फोन तो स्वर्णा के पास था और स्वर्णा ने फोन स्विच-ऑफ कर दिया था तो भला बात कैसे हो पाती।

''दीदी, फोन तो स्विच-ऑफ आ रहा है।''

''ऋषभ को फोन लगा।'' श्रुति के कहते ही रोहित, ऋषभ को फोन लगाने लगा और इस बार किस्मत अच्छी थी जो ऋषभ ने फोन उठा लिया।

''ऋषभ! दोस्त मुझे इसी वक़्त तान्या से बात करनी है, कुछ भी कर लेकिन मेरी उससे बात करवा दे।''

''रोहित तू फ़िक्र मत कर मैं कोशिश करता हूँ।'' और फिर किसी तरह से ऋषभ, स्वर्णा व रजत से नज़रे चुराता हुआ तान्या के कमरे में जाकर उसे अपना फोन दे आया। उसके बाद रोहित व तान्या ने एक-दूसरे से काफी देर तक बात की दो प्रेमियों की एक-दूसरे से मिलने की तड़प देख यकीनन खुदा भी खूब रोया होगा। बातों के दौरान दोनों को ये भी पता चला कि उनके फोन छीन लिये गये हैं। अभी ये दोनों एक-दूसरे का दुःख बाँट ही रहे थे कि अचानक से मंजरी आ गयी जिसे देख रोहित ने तुरंत ही फोन काट दिया।

''अरे यश बेटा और श्रुति तुम दोनों कब आये मुझे तो पता ही नहीं चला।''

''बस मम्मी अभी कुछ देर पहले ही आये हैं; मम्मी मुझे आपसे रोहित और तान्या के बारे में कुछ बात करनी है।''

''यश बेटा मैं डिनर की तैयारी कर रही हूँ, क्या खाओगे तुम?'' मंजरी ने श्रुति की बात को नज़रअंदाज़ करते हुए कहा।

''मम्मी आपको मेरी बात सुननी ही पड़ेगी।''

''बस कर श्रुति, बहुत हो गया, मैं उस मनहूस का नाम भी इस घर में नहीं

सुनना चाहती।''

''बस मम्मी, तान्या के बारे में अब एक और शब्द नहीं!'' एकाएक ही रोहित चिल्ला पड़ा।

''शांत हो जाइए साले साहब हम इस मसले को शान्ति से बैठकर भी सुलझा सकते हैं।''

''नहीं यश बेटा अब इस बारे में बात करने लायक कुछ है ही नहीं, मुझे और पंकज को ये रिश्ता मंजूर नहीं है और हम कभी नहीं चाहेंगे कि तान्या कभी भी इस घर में आये।''

''सुन लिया न लिया जीजू आपने, क्या कहा मम्मी ने।''

''तू फ़िक्र मत कर रोहित, कोई तेरा साथ दे या न दे तेरी ये बहन हर हाल में तेरे साथ है।'' श्रुति के कहते ही,

''बुद्धि भ्रष्ट हो गयी है तुम दोनों की तो।'' ऐसा कहते ही मंजरी खाना बनाने किचन की ओर चली गयीं। परिस्थिति बहुत ही खराब हो चुकी थी।

''रोहित, मुझे लगता है कि जब तक तेरा पैर ठीक नहीं हो जाता हमें शांत ही रहना चाहिए, हो सकता है तब तक पापा-मम्मी और तान्या के सास-ससुर इस बात को भूल जायँ।''

''लेकिन दीदी मेरा पैर ठीक होने में तो अभी बहुत वक़्त है, तब तक मैं तान्या से मिले बगैर कैसे रहूँगा।''

''रोहित! बकवास बंद कर अपनी, तुझे तान्या से पल दो पल की मुलाकात नहीं करनी है ज़िंदगी भर साथ निभाना है और उसके लिए क्या तू थोड़ा सब्र भी नहीं कर सकता।''

''हाँ साले साहब श्रुति सही कह रही है; बात बहुत बिगड़ चुकी है, मामला थोड़ा शांत हो जाने दीजिए फिर देखते हैं क्या करना है... और हमें ऋषभ को भी समझाना होगा कि इस बारे में अपने घर पर कोई बात न करे।''

''लेकिन जीजू...''

''देखिए साले साहब ये मामला बहुत ही नाज़ुक है और आपकी परिस्थिति तो कुछ ज्यादा ही नाज़ुक है, क्योंकि तान्या कोई साधारण लड़की नहीं है, इसके

लिए आपके और तान्या के घरवालों को मनाना आसान नहीं होगा; हमें सब्र से काम लेना होगा।''

''मेरा पैर ठीक हो जाने दो, सही बता रहा हूँ तान्या के साथ भागकर शादी कर लूँगा।''

''दिमाग खराब हो गया है तेरा, कुछ भी ऊटपटाँग बोले जा रहा है।''

''हाँ साले साहब श्रुति सही कह रही है, आप कुछ भी ऐसा नहीं करेंगे जिससे आपके परिवार और तान्या के परिवार की इज़्ज़त पर कोई आँच आये।''

''लेकिन दीदी जीजू ऐसे तो कभी हम एक हो ही नहीं पायेंगे।''

''आप दोनों ज़रूर एक होंगे, लेकिन सबसे पहले आपको अपनी पढ़ायी पूरी करनी होगी, उसके बाद कहीं अच्छी-सी नौकरी... और मैंने सुना है तान्या ने भी कॉलेज़ जाना शुरू कर दिया है।''

''जी जीजू।''

''हाँ तो उससे कहना अपनी पढ़ायी ज़ारी रखे, वो भी अपनी ज़िंदगी में बहुत कुछ कर सकती है। तान्या जैसे बहुत से उदाहरण है जिन्होंने हट्टे-कट्टे लोगों को भी मात कर दिया है, उसके बाद हम तुम्हारी शादी के बारे में सोचेंगे। लेकिन एक बात हमेशा याद रखना आप दोनों की शादी होगी तो केवल बड़ों के आशीर्वाद से ही, अगर आपने अपने घर के बड़ों को नाराज़ करके शादी की तो कभी खुश नहीं रह पायेंगे।''

''फिर तो जीजू हो ली शादी।''

''होगी ज़रूर होगी बस आप सब्र कीजिए और हमेशा याद रखिए हमारे माता-पिता कभी हमारा बुरा नहीं सोचते हैं, वो जो भी करते हैं हमारे अच्छे के लिये ही होता है।

''लेकिन जीजू...''

''चुप कर रोहित, यश सही कह रहे हैं, पहले अपनी पढ़ाई पर ध्यान दो, कुछ बनकर दिखाओ फिर शादी के बारे में सोचना; अब इस बारे में कोई बात नहीं।'' कहीं न कहीं रोहित भी अपनी दीदी और जीजू की बात से सहमत था इसलिए उसने कोई बहस नहीं की। लेकिन एक दिन फोन पर तान्या को अपनी

दीदी व जीजू के विचारों से अवगत ज़रूर करवा दिया जो की उसे भी अच्छा लगा।

रोहित हुआ बागी

एक महीने बाद।

अब रोहित का पैर ठीक हो चुका है और उसने कॉलेज भी जाना शुरू कर दिया है। लेकिन रजत द्वारा तान्या की पढ़ाई छुड़वा देने की वजह से वो कॉलेज नहीं जा पा रही और इसी कारण रोहित व तान्या मिल भी नहीं पा रहे। लेकिन ऋषभ दिन में एक बार उनकी बात फोन पर ज़रूर करवा देता, क्योंकि मंजरी तो रोहित का फोन वापिस दे ही चुकी थी लेकिन स्वर्णा ने अभी तक तान्या का फोन वापिस नहीं किया था। परन्तु ऐसा कब तक चलता। रोहित तो तान्या को एक नज़र देखने के लिए बैचेन हो रहा था और उसने जब तान्या से मिलने की तड़प के बारे में ऋषभ को बताया तो, ''यार रोहित, मेरे हिसाब से तू अभी तान्या भाभी से मिलने का इरादा छोड़ ही दे; बहुत ही मुश्किल से घरवालों को ये यकीन हुआ है कि अब तुम दोनों का कोई रिश्ता नहीं, मैं नहीं चाहता कि फिर से उन्हें कोई शक हो बल्कि मैं तो सोच रहा हूँ कि पापा से बात करूँ कि तान्या भाभी की पढ़ायी पूरी होने दे।''

''इसका मतलब अब तान्या फिर से कॉलेज आने लगेगी?''

''शायद नहीं... पापा कॉलेज़ आने की परमिशन तो नहीं देंगे, लेकिन हाँ

भाभी को प्राइवेट एग्जाम देने की इजाज़त दे सकते हैं।'' ऋषभ के समझाने के बाद रोहित कुछ दिन तक तो सही रहा लेकिन फिर न जाने उसे क्या हुआ एक दिन वो तान्या से मिलने पहुँच गया।

''रोहित! तुम यहाँ क्या कर रहे हो।''

''नमस्ते अंकल वो मैं तान्या से मिलने आया था।''

''बेशर्म लड़के, शर्म नहीं आती तुम्हें दूसरों के घरों की बहू-बेटियों पे अपनी नज़र डालते हुए, निकल जाओ इसी वक़्त यहाँ से।''

''अंकल हम दोनों एक-दूसरे से प्यार करते हैं और दुनिया की कोई भी ताक़त हमें अलग नहीं कर सकती।'' रोहित के इतना कहते ही रजत आगबबूला हो गया और रोहित को धक्के मारकर घर से निकालने लगा। लेकिन उसी वक़्त ऋषभ वहाँ आ गया और शोर सुन तान्या भी अपना व्हील-चेयर खिसकाती अपने कमरे की खिड़की के पास आ गयी।

''पापा, ये क्या कर रहे हैं आप, छोड़ दीजिए रोहित को।''

''नहीं ऋषभ इसे तो मैं पुलिस के हवाले करूँगा तभी अक्ल ठिकाने आयेगी इसकी।''

''नहीं पापा मैं आपसे वादा करता हूँ कि अब रोहित यहाँ कभी नहीं आयेगा, इस बार इसे माफ कर दीजिए; बोल रोहित तू भी तो कुछ बोल।'' ऋषभ, रजत के हाथों से रोहित का कॉलर छुड़वाने की कोशिश करते हुए बोला।

''हाँ अंकल मैं वादा करता हूँ कि एक दिन आपके सामने से ही तान्या को यहाँ से लेकर जाऊँगा और आप मेरा कुछ नहीं बिगाड़ पायेंगे।'' ऐसा बोलते ही रोहित ने झटके से अपना कॉलर रजत के हाथों से छुड़ा लिया और वहाँ से चला गया। रोहित के तेवर देख ऋषभ बुरी तरह से घबरा गया। वो तुरंत ही तान्या के कमरे की ओर जाने लगा उसे सारे हालात से रुबरु करवाने।

''ऋषभ, मैंने सब देखा अपने कमरे की खिड़की से, तुम अभी रोहित को फोन लगाओ मुझे उससे बात करनी है।'' उसके बाद तान्या ने फोन पर रोहित को बहुत लताड़ा और उससे वादा लिया कि आगे से कोई ऐसी हरकत नहीं करेगा जिससे कि उनका रिश्ता बनने से पहले ही बिगड़ जाय।

इसके बाद रोहित ने तान्या से किया वादा निभाया भी... लेकिन कुछ ही दिनों तक। वो एक बार फिर से तान्या से मिलने आ धमका, लेकिन इस बार किस्मत से रजत व स्वर्णा में से कोई भी घर पर नहीं थे इसलिए वो बच गया।

"रोहित! तुम्हारा दिमाग खराब हो गया है क्या, क्यों यहाँ बार-बार आ जाते हो, क्यों भूल जाते हो कि श्रुति दीदी व जीजू ने तुम्हें क्या समझाया था।"

"तान्या मैं तुम्हारे बिना नहीं रह सकता, चलो हम कहीं भाग चलते हैं इस ज़ालिम दुनिया से दूर।"

"कोई फिल्म देखकर आ रहे हो क्या जो ये फिल्मी बातें कर रहे हो; हक़ीक़त को स्वीकार करो रोहित, हमें एक होने के लिए अभी बहुत मेहनत करनी होगी, हमारा रिश्ता हमारे परिवार वाले इतनी आसानी से स्वीकर नहीं करेंगे।"

"इसलिए ही तो कह रहा हूँ तान्या कि जो लोग हमारे प्यार को नहीं समझ पा रहे हैं हम उनके बारे में क्यों सोचें।"

"नहीं रोहित हम एक ज़रूर होंगे लेकिन सबकी सहमति से, सबके आशीर्वाद से, और मुझे यकीन हैं एक दिन ऐसा ज़रूर होगा।"

"देखो सपने तुम, लेकिन इतना याद रखना हर सपना पूरा नहीं होता है; मैं भी पता नहीं कैसे उस दिन दीदी व जीजू की बातों में आ गया।"

"ये सब बातें बाद में देखी जायेंगी, लेकिन कम से कम तुम अभी यहाँ से जाओ, पापाजी और मम्मी जी आते ही होंगे।"

"आते ही न होंगे भाभी बल्कि आ गये।" इतने में ही बाहर पहरे पर बैठे ऋषभ ने आकर कहा।

"हे भगवान सँभाल लेना सब कुछ"

"तान्या किससे डर रही हो, अगर इतना ही डर लगता है तो प्यार ही क्यों किया।" रोहित ने तान्या से कहा,

"ये सब बातें बाद में करना, रोहित पहले तुम पीछे वाले दरवाज़े से निकलो।"

"नहीं ऋषभ मैं सामने वाले दरवाज़े से ही जाऊँगा, मैं नहीं डरता किसी से भी।"

''माना कि तुम नहीं डरते, लेकिन हम डरते हैं, इसलिए हमारी सलामती के लिये प्लीज़ पीछे वाले दरवाज़े से बाहर निकलो।'' ऋषभ ने बड़ी ही मुश्किल से रोहित को पीछे के दरवाज़े से बाहर की ओर धकेला।

उस दिन तान्या बहुत डर गयी थी और इसी वजह से उसने अब रोहित को आने के लिए बिलकुल मना कर दिया।

ऐसे ही कुछ दिन ओर गुज़र गये। इस दौरान दिन में एक बार रोहित व तान्या की फोन पर बात ज़रूर हो जाया करती। ''तान्या। सेकंड इयर के फाइनल एग्ज़ाम आ रहे हैं तुम कॉलेज़ आना कब शुरू करोगी, तुम रजत अंकल से बात क्यों नहीं करती हो।''

''रोहित ये तुम क्या बेवकूफी भरी बातें कर रहे हो, इतना सब होने के बाद तुम्हें क्या लगता है पापा जी मुझे कॉलेज जाने की इजाज़त देंगे।''

''तो फिर क्या तुम्हारी पढ़ायी अधूरी ही रह जायेगी?''

''हाँ, शायद मेरी किस्मत में पढ़ायी पूरी करना लिखा ही नहीं है; जानते हो जब मेरे और सुमित के बारे में मेरे घरवालों को पता चला था उस वक़्त भी मैं सेकंड इयर में ही थी और मेरी पढ़ाई छुड़वा दी गयी थी और अभी भी मैं सेकंड इयर में ही हूँ।'' ऐसा बोलते हुए तान्या की आवाज़ भरने लगी।

''इस तरह से निराशा भरी बातें मत करो तान्या मेरा मन दुःखी हो जाता है। मैं कल ही कॉलेज में ऋषभ से बात करता हूँ शायद वो कुछ कर पाये।'' ऐसा कहते ही रोहित ने फोन रख दिया क्योंकि उसके कमरे में मंजरी जो आ चुकी थी।

''किससे बात कर रहा था?''

''कुछ नहीं मम्मी, मेरा एक कॉलेज का दोस्त है बस उसी से बातें कर रहा था, आप बताओ आप कैसे आयी?'' रोहित ने मंजरी से साफ झूठ बोल दिया।

''कुछ नहीं बेटा, मुझे लगा तू उसी मनहूस तान्या से बात कर रहा है।''

''मम्मी आप भी कमाल करती हैं, मैं उससे कैसे बात कर सकता हूँ, उसका मोबाइल तो स्वर्णा आण्टी ने ले लिया था न, मम्मी आपने मुझे मेरा फोन वापिस लौटाया है, तान्या को उसका फोन वापिस नहीं मिला है इसलिए आप बेफिक्र रहिए मैं उससे बात नहीं कर सकता।''

अगले दिन, ''यार ऋषभ, तू अंकल-आण्टी से बात क्यों नहीं करता तान्या को कॉलेज भेजने के लिए।''

''नहीं रोहित अब ये सम्भव नहीं हो पायेगा, लेकिन मैं कोशिश करूँगा कि मम्मी-पापा भाभी को प्राइवेट एग्ज़ाम देने दें।''

''हाँ ये भी ठीक रहेगा, कम से कम उसकी ग्रेजुएशन तो पूरी होगी और मेरा क्या है मैं तो थोड़ा और सब्र कर लूँगा, अरे भई प्यार किया है कोई मज़ाक नहीं किया।'' ऐसा कहते ही रोहित हँसने लगा और ऋषभ ने उसे भावुक होते हुए अपने गले से लगा लिया।

''सलाम है यार तेरे प्यार को, मैंने तो कभी सोचा भी नहीं था कि मेरा ये सीधा-सादा दोस्त अपने प्यार के लिए किसी भी हद तक जा सकता है। लेकिन तुझे बार-बार क्या हो जाता है, कभी तो बहुत ही समझदारी भरी बातें करता हैं तो कभी सबको टेंशन में डाल देता है... मगर जो भी है हीरा है मेरा यार।''

''बस बहुत हो गयी तारिफ, अब हमें एग्ज़ाम की तैयारी करनी है और तुझे तो तान्या के लिए अंकल-आण्टी से भी बात करनी है।'' ऐसा कहते ही रोहित अपने घर और ऋषभ अपने घर की ओर निकल गया। ऋषभ अपनी कामयाबी की दुआ माँगता हुआ और रोहित भी ऋषभ की ही कामयाबी की दुआ माँगता हुआ।

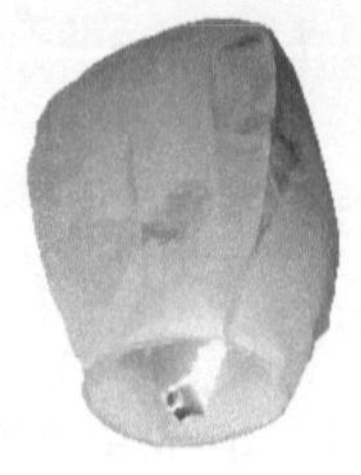

सेकेण्ड इयर फाइनल एग्ज़ाम

दो-तीन दिन बाद जब मौका देखकर ऋषभ ने रजत से तान्या के एग्ज़ाम देने के बारे में बात की तो पहले तो साफ इन्कार कर दिया, फिर थोड़े मनुहार के बाद मान भी गये। जब ये बात तान्या व रोहित को पता चली तो दोनों की ही खुशी का कोई ठिकाना नहीं था। कुछ ही दिनों के लिए सही दोनों प्रेमी एक-दूसरे से रूबरू हो पायेंगे। एक-दूसरे से मिलने की उत्कण्ठा में अब दोनों का ही मन पढ़ायी में बिलकुल भी नहीं लग रहा था, लेकिन पढ़ना भी ज़रूरी था।

और जल्द ही वो दिन भी आ गया जब कॉलेज़ के इम्तिहान शुरू होने थे, तान्या सुबह से ही कॉलेज जाने के लिए उत्सुक थी और दूसरी ओर रोहित का भी कुछ ऐसा ही हाल था।

''भाभी! जल्दी से तैयार हो जाइए, अगर हम कॉलेज़ देर से पहुँचेंगे तो एग्ज़ामिनेशन हॉल में एण्ट्री नहीं मिलेगी।'' दरअसल ऋषभ चाहता था कि वो लोग कुछ देर पहले पहुँच जाये जिससे कि तान्या व रोहित एक-दूसरे के साथ कुछ वक़्त गुज़ार पायें। योजना तो तान्या व रोहित की भी कुछ ऐसी ही थी।

कुछ देर बाद जब दोनों प्रेमी कॉलेज में इम्तिहान देने के लिए पहुँचे और एक-दूसरे के आमने-सामने आये तो बहुत ही अजीब स्थिति हो गयी। ये दोनों

चाहकर भी एक दूसरे से कुछ नहीं कह पाये लेकिन इन कुछ पलों में दोनों प्रेमियों ने ज़ुबान से न सही लेकिन आँखों ही आँखों में न जाने क्या बात की, जिससे कि दोनों के ही लबों पे एक मीठी-सी मुस्कान आ गयी। इतने में ही एक-दूसरे के साथ वक़्त गुजारने के लिहाज़ से तान्या व रोहित को अकेला छोड़कर गया ऋषभ वापिस आ गया और फिर तान्या की व्हील-चेयर खिसकाता हुआ एग्ज़ामिनेशन हॉल की ओर ले जाने लगा।

''आल-द-बेस्ट रोहित, एग्ज़ाम खत्म होने के बाद मिलते हैं।'' ऐसा कहते हुए ऋषभ, तान्या को लेकर जाने लगा, लेकिन कुछ दूर चलते ही ''दरअसल रोहित मुझे एक ज़रूरी काम याद आ गया, क्या तू लेकर जा सकता है भाभी को?''

''हाँ हाँ क्यों नहीं।''

''मैं भी कितना बेवकूफ हूँ जो इस वक़्त भी इन दोनों को एक साथ वक़्त गुज़ारने का मौका नहीं दे रहा हूँ।'' ऋषभ ने मन ही मन बड़बड़ाया।

''हाय ऋषभ! कैसे हो, तान्या भाभी आ गयीं क्या?'', इतने में ही रिया, ऋषभ के सामने आ गयी।

''हाय रिया; हाँ आ गयीं भाभी, अभी रोहित उन्हें लेकर गया है।''

''चलो अच्छा है कुछ वक़्त ही सही दोनों को साथ गुज़ारने को तो मिलेगा... और तुम बताओ कैसी हुई एग्ज़ाम की तैयारी?''

''अच्छी... और तुम्हारी?''

''कुछ खास नहीं, शायद पास होने लायक नम्बर तो ले ही आऊँ।'' रिया ने अजीब-सा मुँह बनाते हुए कहा, लेकिन इस ओर ऋषभ ने ज्यादा ध्यान ही नहीं दिया क्योंकि उसके दिमाग में तो रोहित व तान्या चल रहे थे।

''क्या हुआ ऋषभ क्या सोच रहे हो...?''

''कुछ नहीं रिया मैं तो बस भाभी और रोहित के बारे में सोच रहा था।''

''मतलब मैं कुछ समझी नहीं...।''

''आज न जाने कितने महीनों बाद ये दोनों मिले हैं, एग्ज़ाम के बाद फिर से बिछुड़ जायेंगे; मुझे तो समझ ही नहीं आ रहा कि दोनों ही परिवारों के बड़े इन

दोनों को समझ क्यों नहीं पा रहे हैं... पता नहीं कब होगा इनका मिलन।''

''ऋषभ, अभी केवल अपने इम्तिहान के बारे में सोचो, बाकी बातें बाद में... आल-द-बेस्ट।''

''आल-द-बेस्ट रिया'' और दोनों ही अपने-अपने एग्ज़मिनेशन हॉल की ओर चले गये।

दूसरी ओर रोहित जब तान्या को छोड़ने जा रहा था तो तान्या पूरे रास्ते केवल ये ही प्रार्थना कर रही थी कि काश एग्ज़मिनेशन हॉल कभी न आये। लेकिन ऐसा कुछ नहीं हुआ।'' बाय तान्या, एग्ज़ाम के बाद मिलते हैं आल-द-बेस्ट।'' रोहित ने तान्या की व्हील-चेयर उसकी टेबल के सामने एडजेस्ट करते हुए कहा।

''सेम-टू-यू रोहित, तुम ही मुझे लेने आना।'' और रोहित मुस्कुराता हुआ वापिस चला गया।

उस दिन एग्ज़ाम के बाद दोनों ने कॉलेज़ की कैण्टीन में बैठकर ढेरों बातें कीं... कुछ प्यार भरी, तो कुछ गिले-शिकवे किये, साथ में सैण्डविच का लुत्फ भी उठाया। यहाँ तक कि वक़्त का ध्यान ही नहीं रहा।

''क्या बात है लव-बर्ड्स घर जाने का इरादा नहीं है क्या!''

''बस ऋषभ कुछ देर और।'' तान्या ने आग्रह किया,

''भाभी, पहले ही बहुत देर हो चुकी है, अगर ज्यादा देर से घर पहुँचेंगे तो पापा-मम्मी को शक हो जायेगा।'' ऋषभ को भी अच्छा नहीं लग रहा था इन दोनों को अलग करना, लेकिन क्या करता मजबूर था बेचारा। उसके बाद हर एग्ज़ाम वाले दिन की लगभग यही दिनचर्या होती, लेकिन स्थिति उस दिन ज्यादा खराब हो गयी जिस दिन इन दोनों का आखिरी एग्ज़ाम था।

''रोहित! अब हम कब मिलेंगे?'' तान्या ने कैण्टीन में अपने सामने बैठे रोहित का हाथ अपने हाथों लेते हुए कहा।

''पता नहीं तान्या, मैं तो कहता हूँ हमे भाग जाना चाहिए कही दूर इस ज़ालिम दुनिया से।''

''मज़ाक मत करो, पहले तुम अपनी पढ़ायी पूरी करो, फिर इस काबिल

बनो कि मेरा हाथ माँगने आ सको और मम्मी जी व पापा जी चाहकर भी तुम्हें न नहीं कह सकें।''

''हाँ तान्या तुम फिक्र मत करो बिलकुल ऐसा ही होगा, लेकिन अभी हमें अपने-अपने घर जाना होगा, नहीं तो हम वापिस मिलने लायक भी नहीं रहेंगे।'' ऐसा कहते ही रोहित ने कैण्टीन में बैठे बाकी सभी स्टूडेण्ट्स की नज़रों से बचाकर तान्या के हाथ को चूम लिया।

''चलें भाभी घर वापिस!'' इतने में ही वहाँ ऋषभ भी आ गया जिस वजह से तान्या सकपका गयी।

''डोण्ट वरी भाभी, मैंने कुछ नहीं देखा, लेकिन किसी ओर ने देखा हो तो मुझे नहीं पता।'' ऐसा कहते ही ऋषभ ने आँख मार दी जिसे देख तान्या और रोहित ने अपनी निगाहें शर्म से झुका ली।

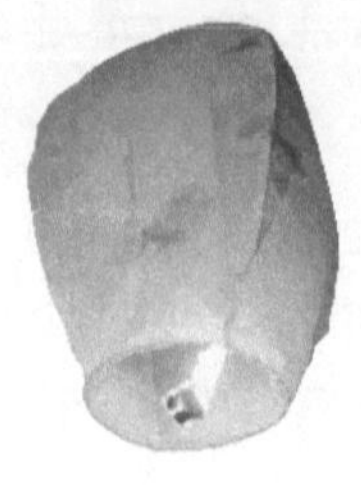

ये कैसी डेट

उसके बाद फिर से शुरू हुआ रोहित व तान्या की लम्बी जुदाई का सिलसिला, पूरे एक साल के लिए, क्योंकि अब तो इन दोनों को अगले साल ही मिलना होगा थर्ड-इयर के फाइनल एग्ज़ाम के दौरान। उससे पहले मिलना तो मुमकिन ही नहीं है। लेकिन हाँ, इस दौरान इन दोनों की फोन पर बात ज़रूर हो जाया करेगी।

समय गुजरता गया, लेकिन कुछ महीनों बाद एक दिन, ''ऋषभ, मैं और तेरे पापा तेरी बुआ के यहाँ जा रहे हैं, उनकी तबीयत कुछ दिनों से ठीक नहीं है रात तक वापिस आ जायेंगे।'' अपनी सास स्वर्णा की आवाज़ सुन तान्या के होठों पर मुस्कान आ गयी और अपने सास-ससुर के घर से निकलते ही उसने ऋषभ से उसका फोन माँगकर रोहित को फोन कर दिया।

''हैलो रोहित! जल्दी से मुझे लेने घर आ जाओ।''

''तान्या वो सब तो ठीक है लेकिन तुम्हे जाना कहाँ है।''

''रोहित आज मौसम बहुत अच्छा है और बाहर हल्की-हल्की बारिश भी हो रही है, मैं तुम्हारे साथ भुट्टा खाने के लिए जाना चाहती हूँ।''

“तान्या पागलों जैसी बातें मत करो, पिछले साल जब मैं तुमसे मिलने तुम्हारे घर आया था तब तो हंगामा हो गया था और अब तुम खुद ही मुझे बुला रही हो; अगर किसी ने देख लिया तो हम सबकी मेहनत पर पानी फिर जायेगा और ये जो फोन पर बातें हो पा रही हैं वो भी बंद हो जायेंगी।”

“रोहित, रोहित रिलेक्स मैं भी सब कुछ समझती हूँ, दरअसल फिलहाल पापा जी और मम्मी जी किसी काम से एक दिन के लिए शहर से बाहर गये हैं तो मैंने सोचा कि...”

“ओह! तो ये बात है, हाँ मौका तो अच्छा है और मेरे खयाल से हमें इसका फायदा भी उठाना चाहिए... तो बोलो कब आ जाऊँ तुम्हें लेने?”

“अरे कब क्या आ जाऊँ, आ जाओ बस फटाफट लेने के लिए।”

“क्या बात है भाभी, अब तो आप भी बिंदास हो गयी हो, लगता है मम्मी-पापा का डर धीरे-धीरे आपके दिलो-दिमाग से निकल रहा है।”

“नहीं नहीं ऐसी बात नहीं है ऋषभ... वो तो न जाने क्यों पिछले कुछ दिनों से रोहित से मिलने का बहुत मन हो रहा था तो मैंने सोचा कि...”

“अच्छा ठीक है आप जाइए, मजे कीजिए, आल-द-बेस्ट; लेकिन ख्याल रहे रात होने से पहले वापिस आ जाना; अगर आपके आने से पहले पापा-मम्मी आ गये तो बहुत बड़ी मुसीबत खड़ी हो जायेगी।”

“हाँ ऋषभ मैं इस बात का पूरा-पूरा खयाल रखूँगी।” ऐसा कहते ही तान्या के होठों पर एक मीठी-सी मुस्कान आ गयी।

कुछ ही देर बाद, “बंदा हाज़िर है आपकी खिदमत में, अब बताइए कहाँ चलना है।”

“रोहित, तुम अपनी इन आलतू-फालतू की बातों में वक़्त बरबाद मत करो और फटाफट मुझे गाड़ी में बिठाओ, रास्ते में बताती हूँ कहाँ चलना है... वैसे ऋषभ तुम भी हमारे साथ क्यों नहीं चलते और मैं तो कहती हूँ रिया को भी साथ ले लो।”

“अरे नहीं भाभी आप दोनों जाइए, हम कबाब में हड्डियों को तो रहने ही दीजिए।”

''ऐसा क्यों बोल रहा है दोस्त, तुमसे ज्यादा अपना भी भला कोई हो सकता है।''

''थैंक्स यार, लेकिन अब तुम दोनों फटाफट निकलो।'' और तान्या व रोहित बिना वक़्त बरबाद किये जल्द ही निकल गये।

''क्या बात है तान्या, आज तो तुमने हिम्मत का काम किया है; वैसे मुझे तुमसे इतनी हिम्मत की उम्मीद नहीं थी, याद है पिछले साल जब मैं तुम्हारे यहाँ आया था तो कितना हंगामा हुआ था।''

''हाँ हुआ था लेकिन वो तुमने किया था, आज हम ऐसा कुछ नहीं करेंगे, किसी को पता चले उससे पहले ही तुम मुझे घर छोड़ देना।''

''वैसे हम जा कहाँ रहे हैं?''

''अरे बताया तो था भुट्टा खाने का मन हो रहा है।''

''ये तुम औरतों का मन भी न... खैर अब बताओ कहाँ हैं भुट्टे वाला''

''रोको रोको! बस आ ही गया मेरा मनपसंद भुट्टे वाला।''

''क्या... ये भुट्टे वाला तुम्हे पसंद है?''

''अरे नहीं बाबा, मेरा मतलब है कि इसके भुट्टे मुझे अच्छे लगते हैं। जानते हो रोहित, सुमित और मैं अक्सर यहाँ भुट्टा खाने आया करते थे।'' कहते-कहते अचानक से तान्या भावुक हो गयी।

''तुम सुमित भैया को बहुत मिस करती हो न!''

''नहीं बिलकुल भी नहीं, क्योंकि अब मुझे सुमित से भी ज्यादा प्यार करने वाला साथी जो मिल गया है तुम्हारे रूप में; अब जल्दी उतारो मुझे अब मैं और इंतज़ार नहीं कर सकती।''

''लेकिन हम घर के लिए जल्दी ही निकल पड़ेंगे, अगर किसी ने देख लिया तो...'' ऐसा कहते हुए रोहित ने तान्या को उठा लिया।

''रोहित थोड़ा तो मुस्कुराओ हम डेट पर आये हैं।''

''भैया, ज़रा दो भुट्टे भूनकर देना और मसाला अच्छे से लगाना और हाँ थोड़ा जल्दी।'' रोहित ने तान्या को वहाँ रखी कुर्सी पर बिठाते हुए कहा और फिर

दोनों प्रेमी एक-दूसरे के साथ प्यार भरी बातों में कुछ ऐसे डूबे कि उन्हें दुनियादारी का खयाल ही नहीं रहा और इसी दौरान उन दोनों को वहाँ बैठे हुए श्रुति के सास-ससुर ने देख लिया। फिर क्या था, कुछ ही देर में ये बात रोहित के घर पहुँच गयी और फिर मंजरी के ज़रिये रजत व स्वर्णा तक। कुल मिलाकर जब रोहित, तान्या को छोड़ने उसके घर गया तो एक भयंकर कलेश उनका इंतज़ार कर रहा था। रजत व स्वर्णा का गुस्सा आसमान छू रहा था।

''मम्मी जी, पापा जी, आप लोग इतनी जल्दी कैसे आ गये, आप तो रात तक आने वाले थे न।'' तान्या ने डरते हुए पूछा।

''आ नहीं गये बल्कि आना पड़ा; ये तो भला हो मंजरी जी का जो उन्होंने तुम दोनों की करतूतों की हमें इत्तिला दे दी... और तू रोहित चल आज तो तुझे मैं सीधा पुलिस के पास ही लेकर चलता हूँ।'', ऐसा कहते हुए जैसे ही रजत ने रोहित का गिरेबान पकड़ा, ऋषभ बीच में आ गया।

''पापा इसमें इन दोनों की कोई गलती नहीं है, मैंने ही कहा था इन्हें कुछ वक़्त साथ गुजारने के लिए, एक-दूसरे को समझने के लिए... आखिरकार दोनों को साथ ज़िंदगी जो गुजारनी है।''

''ये ये क्या बकवास कर रहा है स्वर्णा और तुम तान्या, कुछ खयाल है तुम्हें अपने खानदान की इज़्ज़त का!''

''जी पापाजी हमें माफ कर दीजिए, आगे से हम आपको शिकायत का मौका नहीं देंगे; बस रोहित को छोड़ दीजिए, ये जो कुछ भी हुआ उसमें इसकी गलती तो बिलकुल भी नहीं है और न ही ऋषभ कसूरवार है अगर किसी की गलती है तो वो मैं हूँ, अगर आपको कुछ कहना है तो मुझसे कहिए।'' आँखों में आँसू लिये तान्या, रजत से मिन्नतें करने लगी।

''ऐ लड़के निकल जा इसी समय हमारे घर से, आगे से यहाँ आस-पास भी नज़र मत आना।'' अचानक से स्वर्णा के कहते ही,

''स्वर्णा ये क्या कर रही हो, आज मैं इस लड़के को नहीं छोड़ूँगा, पुलिस तक पहुँचाकर ही रहूँगा।''

''रजत, ठंडे दिमाग से काम लो, अगर ये पुलिस के पास गया तो बदनामी हमारी बहू की भी होगी; ऋषभ अपनी भाभी को अंदर लेकर जाओ।'' उस वक़्त

वहाँ तो स्वर्णा ने मामला आगे बढ़ने से रोक लिया, लेकिन दूसरी ओर मंजरी, रोहित का इन्तज़ार कर रही थी उसकी खबर लेने के लिए।

''आ गया तू! क्यों गया था उस तान्या के साथ। अरे एक ही बात तुझे कितनी बार समझानी पड़ेगी, क्यों उस अपाहिज़ के पीछे अपनी ज़िंदगी बरबाद करने पर तुला है; अरे ये तो भला हो श्रुति के सास-ससुर का जो उन्होंने मुझे सब कुछ बता दिया।''

''ओह! तो ये आग दीदी के सास-ससुर की लगायी हुई है, मुझे अभी दीदी से बात करनी होगी।'' ऐसा बड़बड़ाते हुए रोहित ने श्रुति को जैसे ही कॉल लगाया उधर से वो ही रोहित पर बरस पड़ी।

''रोहित, तुम दोनों समझने की कोशिश क्यों नहीं करते हो, क्यों अपने प्यार की राहों में खुद ही काँटे बिछा रहे हो!''

''दीदी ऐसा भी क्या हो गया है, आज मैं पहली बार तान्या को लेकर डेट पर गया हूँ और आज ही हंगामा हो गया, ऐसे तो हम कभी मिल ही नहीं पायेंगे और क्या ज़रूरत थी आपके सास-ससुर को हमारी शिकायत करने की, आप उन्हें कुछ समझातीं क्यों नहीं।''

''देख रोहित, मेरे सास-ससुर के बारे में कुछ मत कहना; खैर छोड़, अगर उनके अलावा किसी ओर ने देख लिया होगा तो किस किसको जाकर समझायेंगे। अब भूल जा इन सब बातों को, मुझे तो केवल तान्या की चिंता है, रजत अंकल व स्वर्णा आण्टी न जाने उसका क्या हाल करेंगे।''

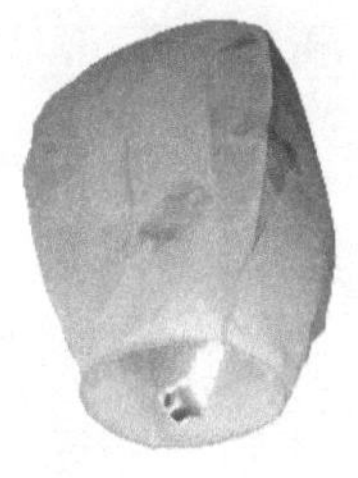

रोहित पर हमला

श्रुति का डर सही निकला... रजत ने तान्या की आगे की पढ़ायी पर रोक लगा दी और उसे ज़बरन उसके मायके भेज दिया। इतना ही नहीं रजत ने एक ऐसी चाल चल डाली जिसकी किसी को भी उम्मीद नहीं थी। उसने अपने कुछ जान-पहचान के आदमियों से कहकर कुछ गुण्डे रोहित के पीछे लगा दिये उसे मरवाने के लिए और कुछ हद तक रजत की योजना सफल हुई भी। हुआ यूँ कि एक दिन जब रोहित अपने पापा पंकज की दवाई लेकर बाज़ार से घर लौट रहा था तो उन्हीं गुण्डों ने उस पर हमला कर दिया जिसके लिए रोहित बिलकुल भी तैयार नहीं था। बस इसी वजह से वो अपना बचाव भी नहीं कर सका... लेकिन हाँ कोशिश ज़रूर की और इसी कोशिश की बदौलत रोहित की जान बच गयी, लेकिन हाथ-पैरों में चोटें बहुत आयीं। ऊपरवाले का शुक्र था कि कहीं फ्रेक्चर नहीं हुआ। परन्तु रोहित को गुस्सा इस बात पर ज्यादा आया कि वहाँ खड़ी भीड़ सिर्फ तमाशा देख रही थी, मदद के लिए कोई आगे नहीं आया। गुण्डों से मार खाने के बाद बेचारे रोहित को खुद ही इलाज के लिए अस्पताल जाना पड़ा। जब मदद के लिए उसने अस्पताल से ऋषभ को कॉल किया तो उसे यकीन ही नहीं हुआ कि किसी ने रोहित को मरवाने के लिए गुण्डे भेजे है।

''यार रोहित ऐसा कौन कर सकता है, तेरा तो कोई दुश्मन भी नहीं है।''

‘‘प्यार करने वालों के दुश्मनों की कमी नहीं होती मेरे यार’’

‘‘लेकिन कौन हो सकता है... हाँ हमारे घरवाले ज़रूर तेरे और तान्या भाभी के प्यार के खिलाफ हैं पर वो गुण्डे भेजेंगे ये तो असम्भव है, मैं तो कहता हूँ हमें पुलिस में खबर करनी चाहिए।’’

‘‘नहीं, मुझे किसी से कोई शिकायत नहीं और प्यार किया है तो कुछ तो सहना पड़ेगा मेरे यार और वैसे भी मैं बिल्कुल ठीक हूँ और इस बात को ओर आगे नहीं बढ़ाना चाहता।’’ कहीं न कहीं रोहित को रजत पर शक हो गया था, क्योंकि उसने मार-पीट के दौरान गुण्डों के मुँह से रजत का नाम सुन लिया था। बस इसी वजह से उसने मामला वहीं दबाने की कोशिश की।

‘‘हाँ ये तो तूने बिलकुल सही कहा।’’ ऋषभ के कहते ही,

‘‘ऋषभ यार तान्या को कुछ मत बताना, उसे पता चलेगा तो दुःखी हो जायेगी।’’

‘‘रोहित मुझे तुझसे तान्या भाभी के बारे में कुछ कहना है।’’

‘‘क्या? सब ठीक तो है न?

‘‘वो... पापा ने भाभी को उनके मायके भेज दिया है।’’

‘‘लेकिन... लेकिन क्यों?’’

‘‘शायद तुम दोनों को दूर करने के लिए’’

‘‘हे भगवान! कब समझेंगे हमारे अपने हमारे प्यार को’’

‘‘ये तो पता नहीं रोहित, फिलहाल चल तुझे घर छोड़ देता हूँ, क्योंकि तेरी ड्रेसिंग भी हो चुकी है और डॉक्टर साहब भी घर जाने की इज़ाज़त दे चुके हैं... लेकिन तू आण्टी से क्या कहेगा?’’

‘‘कह दूँगा एक्सिडेंट हो गया था।’’ और फिर दोनों रोहित के घर के लिए निकल पड़े। रास्ते में दोनों के बीच कोई खास बातचीत नहीं हुई, लेकिन यकीनन दोनों के दिमाग में एक ही बात चल रही होगी... वो ये कि तान्या को कैसे वापिस लाया जाय और इन प्यार के दुश्मनों को कैसे समझाया जाय।

कुछ देर बाद घर पहुँचते ही, ‘‘ये क्या हुआ तुझे, ये चोट कैसी और तेरे तो

कपड़े भी फटे हुए हैं; रोहित कुछ तो बोल बेटा क्या हुआ है।'' मंजरी ने रोहित को देखते ही उसके ऊपर सवालों की बौछार कर दी।

''ठण्ड रखो मम्मी सब बताता हूँ, पहले एक गिलास पानी पिलाओ और पानी ऋषभ के लिए भी लाना''। मंजरी भागती हुई रसोई की ओर गयी और फटाफट दो गिलास पानी भर लायी।

''अब बता फटाफट क्या हुआ है और ऋषभ तुम रोहित के साथ कैसे?''

''आण्टी वो...'' ऋषभ कुछ कहता उससे पहले ही,

''मम्मी वो मेरा एक्सिडेंट हो गया था और ऋषभ को मैंने बुलाया था हॉस्पिटल में''

''क्या एक्सिडेंट! बेटा ज्यादा चोट तो नहीं आयी न, तू ठीक तो है न।'' मंजरी की आवाज़ में घबराहट साफ झलक रही थी।

''हाँ मम्मी मैं बिलकुल ठीक हूँ, बस थोड़ी-बहुत चोटें हैं जल्द ही ठीक हो जायेंगी... बस पापा की दवाइयाँ न जाने रास्ते में कहाँ गिर गयीं... मैं और दवाइयाँ ले आऊँगा।''

''नहीं बेटा तू आराम कर मैं ले आऊँगी।'' मंजरी के कहते ही,

''आण्टी मुझे बता दीजिए मैं ले आता हूँ दवाइयाँ।''

''नहीं ऋषभ बेटा तुम तो रहने ही दो; तुमने जो आज मेरे बेटे की मदद की है वो ही काफी है, अगर मदद करना ही चाहते हो तो अपनी भाभी से कहना मेरे बेटे से दूर रहे, मैं जानती हूँ आज जो कुछ भी हुआ है उस मनहूस की वजह से हुआ है।''

''मम्मी... बस इसके आगे एक शब्द और नहीं... ऋषभ तू जा यार दवाइयाँ आ जायेंगी।'' रोहित ने दुःखी होते हुए कहा।

''हाँ यार तू सही कह रहा है मुझे अब चलना चाहिए; लेकिन जाने से पहले आण्टी एक बात कहनी है वो ये कि अब आप बिलकुल भी फिक्र मत करो, क्योंकि पापा ने भाभी को उनके मायके भेज दिया है न जाने कितने वक़्त के लिए... शायद हमेशा के लिए।'' इतना कहते ही ऋषभ बिना मंजरी की प्रतिक्रिया देखे वापिस चला गया।'' ऋषभ की बात सुन मंजरी के होठों पर मुस्कान आ गयी।

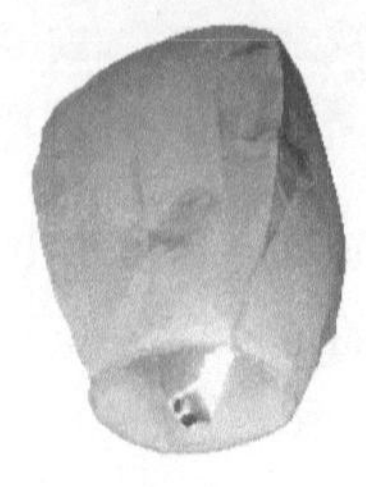

तान्या के लिए

लेकिन दूसरी ओर जब रजत को पता चला कि उसके द्वारा भेजे गये गुण्डों से रोहित बच गया है, तो वो बहुत दुःखी हुआ। लेकिन अब कुछ नहीं हो सकता था। लेकिन रोहित ज़रूर पहले से ज्यादा सतर्क हो चुका था। वो तान्या से मिलने के लिए तड़प रहा था, लेकिन कोई रास्ता ही नज़र नहीं आ रहा था। क्या करे क्या न करे... बस इसी कशमकश में कई दिन गुजर गये। वैसे तो तान्या भी अपने मायके में खुश नहीं थी और शायद ये पहली बार था जब तान्या का अपने मायके में बिलकुल भी मन नहीं लग रहा था। रह-रहकर उसे रोहित की याद सता रही थी। उसका बस चलता तो दौड़कर रोहित के पास आ जाती, लेकिन मजबूर थी और उसने तो अपने मायके वालों को भी रोहित के बारे में कुछ नहीं बताया, शायद इस डर से कि कहीं उनके प्यार के दुश्मनों की लिस्ट में कुछ नाम और न बढ़ जाय। ऋषभ सब कुछ ठीक कर देगा बस इसी इंतज़ार में बेमन से ही सही अपने मायके में वक़्त गुजारने लगी और इधर ऋषभ अपनी ओर से हर सम्भव कोशिश कर रहा था कि जल्द से जल्द तान्या वापिस आ जाय... लेकिन सफलता थी कि मिल ही नहीं पा रही थी।

लेकिन एक दिन, ''पापा! मुझे लगता है कि अब हमें भाभी को वापिस बुला लेना चाहिए, क्योंकि उनकी पढ़ायी का नुकसान भी तो हो रहा है न।''

''मैंने अभी इस बारे में कुछ सोचा नहीं है।'' रजत ने रूखेपन से जवाब दिया।

''लेकिन पापा....''

''ऋषभ मुझे इस बारे कोई बात नहीं करनी है, जाओ जाकर अपना काम करो।''

रजत का ये व्यवहार ऋषभ की समझ से परे था। वो ये समझ ही नहीं पा रहा था कि प्यार करना क्या इतना बड़ा गुनाह है जिसकी सज़ा का कोई अंत ही नहीं। सोच-सोचकर ऋषभ का दिमाग खराब होता जा रहा था, लेकिन इस समस्या का कोई हल मिल ही नहीं रहा था।

दूसरी ओर तान्या से मिलने की रोहित की तड़प दिन पर दिन बढ़ती ही जा रही थी और इसी तड़प की वजह से उसने तान्या के मायके जाने का फैसला कर डाला और एक दिन बिना किसी को घर पर बताये वो गाड़ी लेकर तान्या के मायके के लिए निकल भी पड़ा, क्योंकि एक दिन कॉलेज में बातों ही बातों में वो तान्या से उसके मायके का पता तो पूछ ही चुका था। अभी रोहित ने आधी दूरी ही तय की थी कि अचानक से...

ये गलत है, मुझे इस तरह से तान्या के मायके नहीं जाना चाहिए। अगर उसने अपने मायके में मेरे बारे में कुछ नहीं बताया होगा तो उसकी मुश्किलें बढ़ जायेंगी... कम-से-कम हम एक दूसरे से प्यार करते हैं ये तो यकीनन नहीं बताया होगा। मुझे तान्या की मुश्किलें और नहीं बढ़ानी चाहिए और वैसे भी मैंने तो रजत अंकल के भेजे हुए गुण्डों को बर्दाश्त कर लिया, लेकिन तान्या के ऊपर कोई मुसीबत आये मैं बर्दाश्त नहीं कर पाऊँगा। ऋषभ एक न एक दिन आण्टी-अंकल को तान्या को वापिस बुलाने के लिए मना ही लेगा, मुझे उसका विश्वास करना चाहिए, मैं जानता हूँ वो सब कुछ सही कर देगा।

और खुद से बातें करते हुए रोहित ने गाड़ी का रुख वापिस अपने घर की ओर मोड़ लिया और ये बात किसी को भी पता नहीं चली कि रोहित ने तान्या के मायके जाने की कोशिश की थी।

दूसरी ओर ऋषभ के घर का माहौल पूरी तरह से तनावपूर्ण हो चुका था। ''पापा आप ये क्या कह रहे हैं, भाभी कौन सा रोज़-रोज़ कॉलेज जाती हैं, प्राइवेट एग्ज़ाम देने ही तो जायेंगी आप उन्हे वापिस क्यों नहीं बुला लेते।'',

ऋषभ ने रजत के फैसले का विरोध करते हुए कहा।

"मैंने कह दिया जो कह दिया और वैसे भी इसकी पढ़ायी का फायदा क्या है।"

"पापा ये आप कैसी बात कर रहे हैं, पढ़ायी से भी किसी को नुकसान हुआ है और ऐसा भी क्या हो गया है जिसकी आप इतनी बड़ी सज़ा दे रहे हैं।"

"देख ऋषभ अब इस बारे में कोई बहस नहीं, ये मेरा अंतिम फैसला है कि तान्या आगे नहीं पढ़ेगी।" रजत के द्वारा लिये गये फैसले के बाद ऋषभ मायूस हो गया, समझ नहीं आ रहा था कि क्या करे और क्या न करे। लेकिन उसने इन सभी बातों से तान्या को उसके मायके के लैण्डलाइन पर कॉल करके अवगत ज़रूर करवा दिया और तान्या के कहने पर एक दिन मौका देखकर ऋषभ ने उसकी बात रोहित से भी करवा दी।

"रोहित! मेरी तो समझ ही नहीं आ रहा कि पापाजी को कैसे मनाऊँ कि मैं अपना ग्रेजुएशन पूरा करना चाहती हूँ और वो एग्ज़ाम के ही दिन तो ऐसे होते हैं जब हम मिल पाते हैं, एक-दूसरे के साथ वक़्त गुजार पाते हैं।"

"तान्या हिम्मत से काम लो सब सही हो जायेगा; अभी एग्ज़ाम में बहुत वक़्त है, मुझे यकीन हैं अंकल जब तक अपना फैसला बदल देंगे।"

"लेकिन रोहित..."

"बस तान्या अब आगे और कुछ मत कहो; ऊपर वाले पर विश्वास रखो वो जो कुछ करेगा अच्छा ही करेगा।" रोहित के द्वारा कहे गये शब्दों ने तान्या के मन में एक नयी आस जगायी।

वक़्त गुजरता गया, लेकिन इसी बीच न जाने कैसे स्वर्णा के कानों में ऋषभ व रिया के रिश्ते की बात भी पड़ गयी और इसके खिलाफ स्वर्णा ने घर में खूब कलेश भी किये।" क्या परेशानी है मम्मी आपको अपने बच्चों की खुशियों से?" एक दिन रोज़-रोज़ के कलेशों से ऋषभ इस कदर परेशान हो गया कि वो स्वर्णा के ऊपर चिल्ला पड़ा।

"अरे बेटा तुम्हारी खुशी ही तो चाहती हूँ इसलिए तान्या व रिया जैसी लड़कियों से दूर रहने की सलाह देती हूँ, अब देख न तू, खा गयी न तेरी भाभी तेरे भाई को।"

''मम्मी अब इसके आगे एक शब्द और नहीं और भाभी इतनी ही बुरी हैं तो क्यो नहीं आप भाभी का व रोहित का रिश्ता स्वीकार कर लेतीं, कम से कम आपके घर से तो वो दूर चली जायेगी और साथ ही उनकी मनहूसियत भी चली जायेगी।'' ऋषभ ने स्वर्णा को ताना मारा जिसे वो समझ ही नहीं पायी।

''बेटा बात तो तेरी सही हैं, लेकिन समाज कहेगा हमने अपनी बहू की लगाम खींचकर नहीं रखी और फिर हमारी ही बदनामी होगी।''

''वाह मम्मी क्या बात है, आपकी जितनी दूरदर्शिता भगवान सबको दे!'' ऐसा कहते ही ऋषभ ताली बजाने लगा और शहद में डूबे इन तानों को अपनी तारीफ समझ स्वर्णा मुस्कुराने लगी। लेकिन ऋषभ ये बात अच्छी तरह से जानता था कि उसका व रिया का भी एक होना आसान नहीं होगा, मगर फिलहाल उसे चिन्ता तान्या व रोहित की थी। वो अपनी तरफ से पूरी कोशिश कर रहा था कि वो रजत को इस बात के लिए मना ले कि तान्या एग्ज़ाम दे सके। लेकिन कोई फायदा नहीं हो रहा था।

लेकिन एक दिन, ''ऋषभ बेटा ये तू कहाँ जा रहा है बैग लेकर?'' ऋषभ को बैग लेकर जाते हुए देख स्वर्णा ने आश्चर्य से पूछा।

''मम्मी मैं घर छोड़कर जा रहा हूँ।''

''लेकिन क्यों, हमसे कोई गलती हुई है क्या मेरे लाल?''

''मम्मी ये फालतू के डॉयलाग तो मारो मत और वैसे भी आपके मुँह से ये लाल-वाल जैसे शब्द अच्छे नहीं लगते हैं।'' ऋषभ का मूड उस वक़्त बिल्कुल भी अच्छा नहीं था।

''अच्छा ठीक हैं नही बोलूँगी, लेकिन बेटा जाने की वजह तो बता दे, क्यों अपने माँ-बाप को उनके बुढ़ापे में दुःख दे रहा है; अरे एक बेटे के जाने का गम क्या कम था जो अब दूसरा भी घर छोड़कर जाने की बात कर रहा है।'' कहते-कहते स्वर्णा की आँखों से आँसू बहने लगे।

''अगर आप वाकई में चाहती हैं कि मैं घर छोड़कर न जाँऊ तो पापा से कहकर भाभी को बुलवा लीजिए।'

''लेकिन बेटा...''

“तो ठीक हैं मैं चलता हूँ, आप और पापा रहिए अपने दकियानूसी विचारों के साथ”

“मैं बात करती हूँ तेरे पापा से।” बेटे के मोह ने स्वर्णा को वो काम करने के लिए मजबूर कर दिया जो कि वो नहीं करना चाहती थी और ऋषभ की मेहनत रंग भी लायी, रजत मान गया लेकिन कुछ शर्तों के साथ जिसमें पहली शर्त तो ये ही थी कि रजत खुद ही तान्या को कॉलेज छोड़ने व लेने जायेगा और रोहित से तो कम से कम छह फुट की दूरी बनाकर रखनी होगी।”

“मंजूर हैं पापा सब कुछ मंजूर है, आप जैसा कहेंगे वैसा ही होगा, बस भाभी को एग्ज़ाम देने की इज़ाज़त दे दीजिए।” ऋषभ ने कुछ इस तरीके से कहा कि रजत तुरंत ही मान गया। फिर क्या था, ऋषभ ने तुरंत ही ये खुशखबरी तान्या व रोहित को भी सुना दी।

“ऋषभ यार, अंकल की शर्तों की तरफ भी तो थोड़ा ध्यान दे।”

“वो सब बाद में देख लेंगे, फिलहाल इस बात की खुशी मनाओ कि भाभी एग्ज़ाम देने जा पायेंगी और मैं आज ही भाभी को लेने उनके मायके जा रहा हूँ।” ऋषभ जानता था कि एक बार तान्या कॉलेज पहुँच जाय तो रोहित से मिलने का भी कोई न कोई रास्ता ढूँढ़ ही लेंगे।

लेकिन एग्ज़ाम के एक दिन पहले, “स्वर्णा जल्दी चलो हमें अभी दीदी के यहाँ जाना होगा।”

“क्यों क्या हुआ, दीदी की तबीयत तो ठीक है न।”

“अब क्या ठीक और क्या खराब, दीदी अब इस दुनिया में नहीं रहीं।”

“हे भगवान! ये क्या हो गया, ऐसी भी कोई तबीयत नहीं बिगड़ी थी कि दुनिया ही छोड़कर चली जाये, बल्कि मैंने तो कल ही बात की है अच्छी-खासी बात कर रही थी।”

“अब होनी को कौन टाल सकता है, तुम फटाफट पैकिंग शुरू करो मैं ऋषभ से बात करके आता हूँ।”

“ऋषभ बेटा तेरी बुआ नहीं रही, मुझे और तेरी मम्मी को इसी वक़्त जाना होगा, अपना और अपनी भाभी का खयाल रखना और हाँ उस रोहित को अपनी

भाभी के पास भी भटकने मत देना।''

''पापा! भाभी एग्ज़ाम देने तो जा सकती हैं न?''

रजत कुछ सोचते हुए, ''हाँ लेकिन एक शर्त पर कि जो ज़िम्मेदारी मैं निभाने वाला था वो अब तू निभायेगा, ध्यान रहे उस रोहित का साया भी तेरी भाभी पर न पड़ पाये।'' अपनी बहन के जाने की खबर की वजह से रजत कुछ भी नहीं सोच पा रहे थे और इसी वजह से ज्यादा बहस करने की हालत में भी नहीं थे, नहीं तो वो जानते थे कि ऋषभ अपनी भाभी व अपने दोस्त का साथ पहले निभायेगा।

''जी पापा आप बेफिक्र रहिए।''

''ये बड़े लोग भी न जाने क्यों प्यार के दुश्मन होते हैं, जैसे प्यार करना कोई गुनाह हो।'' ऋषभ खुद में ही बड़बड़ाने लगा।

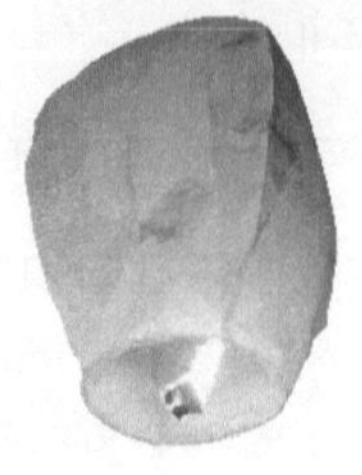

एक बार फिर से हुई मुलाकातें

अगले दिन वो वक़्त भी आ गया जब तान्या व रोहित को अपने थर्ड-इयर के फाइनल एग्ज़ाम देने जाना था। दोनों ही प्रेमी एक दूसरे से मिलने के लिए व्याकुल हो रहे थे।

"हैलो दोस्त! ले सँभाल अपनी अमानत।" कॉलेज़ पहुँचकर ऋषभ ने तान्या की व्हील-चेयर का हैण्डिल रोहित को पकड़ाते हुए कहा।

"थैक्स दोस्त हमारा साथ देने के लिए।"

"वो सब तो ठीक है रोहित, लेकिन आज कुछ अच्छा नहीं लग रहा पापा के विश्वास को तोड़कर, लेकिन कुछ हद तक अच्छा भी लग रहा है दो प्रेमियों का मिलन करवाकर।"

"मैं कुछ समझा नहीं...।", ऋषभ की बुआ की मौत की खबर से अंजान रोहित ने पूछा।

"यार दरअसल वो बात ये हुई कि..." और ऋषभ ने रोहित को विस्तारपूर्वक पूरी बात बता दी।

"सॉरी यार हमारी वजह से तुझे इतनी परेशानी हो रही है, लेकिन क्या करें

तेरे अलावा कोई है भी तो नहीं जो हमें समझ सके।''

''खैर छोड़ो इन सब बातों को, मैं चलता हूँ अपने प्यार से मिलने, तब तक तुम दोनों प्रेमी प्यार भरी बातें करो।'' ऐसा कहते हुए ऋषभ वहाँ से चला गया और रह गये एक दूसरे के रूबरू तान्या और रोहित।

''हैलो तान्या, कैसी हो?''

''मैं ठीक हूँ रोहित, तुम कैसे हो, कुछ कमज़ोर लग रहे हो।''

''नहीं ऐसी तो कोई बात नहीं है, वैसे कल फोन पर तुम्हारी आवाज़ कुछ भारी-भारी सी लग रही थी, क्या हुआ गला खराब है क्या?''

''हाँ थोड़ा-सा; वो मम्मी जी ने घर पर आइसक्रीम बनायी थी वो ही खा ली थी।''

''ओह! वैसे तुम्हारे एग्ज़ाम की तैयारी कैसी हुई तान्या?''

''अब बस भी करो, बहुत हो गयीं औपचारिक बातें, हम तो ऐसे बात कर रहे हैं जैसे एक-दूसरे को जानते तक नहीं।''

''कुछ समझ नहीं आ रहा तान्या क्या बातें करे, दरअसल दिमाग ही काम नहीं कर रहा... पूरे आठ महीने बाद रूबरू हुए हैं हम एक-दूसरे से और अब कुछ दिनों बाद फिर से बिछुड़ जायेंगे, वो भी न जाने कितने वक़्त के लिए।''

''अभी फिलहाल तुम अपने एग्ज़ाम के बारे में सोचो रोहित बाकी की बातें बाद में करेंगे और हाँ अब मुझे मेरे एग्ज़मिनेशन हॉल तक छोड़ दो।'' तान्या इस वक़्त अपने एग्ज़ाम के अलावा और कुछ नहीं सोचना चाहती थी।

''शाम को एग्ज़ाम खत्म होने के बाद तान्या व रोहित पिछले साल की तरह कैण्टीन में मिले। काफी देर तक दोनों के बीच बातें होती रहीं... कुछ प्यार भरी, कुछ तकरार भरी। उन बातों में कुछ शिकवे थे तो कुछ शिकायतें थीं। जब तक इम्तिहान चले दोनों एक-दूसरे के साथ इसी प्रकार घण्टों वक़्त गुज़ारते। लेकिन आज इनका कॉलेज का तो आखिरी इम्तिहान है क्योंकि अभी ज़िंदगी का इम्तिहान देना बच रहा है।

''कौन-सा रास्ता ढूँढ़ लेंगे हम!'' तान्या, रोहित की ओर आश्चर्य से देखने लगी।

‘‘मैं स्वर्णा आण्टी व रजत अंकल से तुम्हारा हाथ माँगूँगा; उनसे कँहूगा कि मैं तुमसे शादी करना चाहते हूँ; तान्या मैं उन्हे यकीन दिलाऊँगा कि हमारा प्यार सच्चा प्यार है हम एक-दूसरे के बिना नहीं रह सकते।’’

‘‘और तुम्हें क्या लगता है वो तुम्हारी बात को समझेंगे... अरे मेरे सास-ससुर को छोड़ो पहले तुम ये बताओ कि तुम्हारे मम्मी-पापा तुम्हारी बात समझेंगे क्या?’’

‘‘तान्या, बात तो तुम्हारी सही है अब तुम ही बताओ कि हमें क्या करना चाहिए, क्योंकि अब आगे का सफर बहुत ही मुश्किल है।’’

‘‘सबसे पहले तो तुम अपने पोस्ट-ग्रेजुएशन की तैयारी करो, फिर इस लायक बनो कि मेरा खर्चा उठा सको और फिर मुझे भगाकर ले जाना।’’ तान्या ने मज़ाक करते हुए कहा।

‘‘तुम्हें इस वक़्त भी मज़ाक सूझ रहा हैं तान्या....!’’

‘‘ये मज़ाक नहीं हक़ीकत है रोहित, क्योंकि इसके अलावा हमारे पास एक होने का ओर कोई रास्ता नहीं है।’’

‘‘लेकिन हम अपने बड़ों को मनाने की पूरी-पूरी कोशिश करेंगे, क्योंकि जीजू कहते हैं, हमारे बड़े कभी हमारा बुरा नहीं चाहते और और मुझे यकीन है कि वो एक न एक दिन हमारे प्यार को ज़रूर समझेंगे’’ ।

‘‘रोहित, ये बच्चों जैसी बातें कर रहे हो, सच तो ये है कि हमारे प्यार की राहें बहुत ही मुश्किल हैं और ये तुम भी अच्छे से समझते हो।’’ रोहित के पास तान्या की कही इस बात का कोई जवाब नहीं था इसलिए वो चुप रहा और कुछ देर तक यूँ ही चुप्पी छायी रही। इस चुप्पी को तोड़ा ऋषभ व रिया ने आकर,

‘‘हाय लव-बर्ड्स क्या हाल-चाल हैं!’’

‘‘कुछ खास अच्छे नहीं हैं दोस्त, समझ ही नहीं आ रहा कि अब आगे क्या करना है।’’

‘‘करना क्या है, तू भाभी को लेकर भाग जा और मैं रिया को लेकर भाग जाता हूँ, क्योंकि हमारे घरवाले तो हमें समझने वाले हैं नहीं।’’

‘‘नही ऋषभ हम ऐसा कुछ नहीं करेंगे; सबसे पहले तुम तीनों अपनी पढ़ायी

पूरी करो, उसके बाद कहीं अच्छी-सी जगह नौकरी... फिर आगे सोचेंगे क्या करना है; हो सकता है तब तक हमारे घरवाले भी हमारे प्यार को समझने लगे।''

''भाभी ये आप भी कैसी बातें कर रही हैं, हमारे घरवाले हमारे प्यार को कभी समझ ही नहीं सकते, हमें कोई दूसरा ही तरीका अपनाना होगा।''

''मैं जानती हूँ ऋषभ और यही बात अभी रोहित को समझाने की कोशिश कर रही थी... लेकिन हमें उम्मीद भी नहीं छोड़नी चाहिए, शायद एक दिन हमारे घर के बड़े हमारे प्यार को समझने लग जायँ और रोहित के जीजू की बात सच साबित हो जाय।''

''लेकिन वो तरीका होगा क्या दोस्त?'' रोहित ने तान्या की बात को नज़रअंदाज़ कर ऋषभ की बात को कण्टिन्यू करते हुए पूछा।

''पता नहीं रोहित, लेकिन इतना पक्का है कि जो भी होगा काँटो भरा ही होगा और इन काँटों पे चलने के लिए हम सबको मानसिक रूप से तैयार रहना होगा।'' ऐसा बोलते ही ऋषभ के साथ-साथ बाकी सभी के माथे पर चिंता की लकीरें आ गयी।

कुछ देर बाद, ''भाभी चलें बहुत देर हो गयी है।'' ऋषभ के कहते ही तान्या, रोहित की ओर देखने लगी- जैसे कह रही हो मुझे नहीं जाना रोहित, वक़्त को थाम लो। लेकिन ये सम्भव नहीं था। तान्या को जाना ही पड़ा, अगली मुलाकात कब होगी ये तय किये बगैर ही।

आज ऋषभ, तान्या व रोहित में से किसी को भी कुछ भी अच्छा नहीं लग रहा था। तीनों बस यही सोच रहे थे कि आगे क्या करें, लेकिन किसी को कोई रास्ता ही नहीं मिल रहा था। ऐसे ही कई दिन गुजर गये, लेकिन दिन पर दिन उदास होती तान्या की हालत ऋषभ से नहीं देखी जा रही थी इसलिए एक दिन, ''भाभी मैं सोच रहा था कि क्यों न एक दिन अपने घर पर रोहित को बुला लूँ, मम्मी से कह दूँगा मुझे कुछ काम था उससे।''

'नहीं ऋषभ तुम रोहित को मत बुलाओ, मैं किसी प्रकार का रिस्क नहीं लेना चाहती हूँ।' लेकिन तान्या एवं ऋषभ की बातें स्वर्णा ने सुन ली।

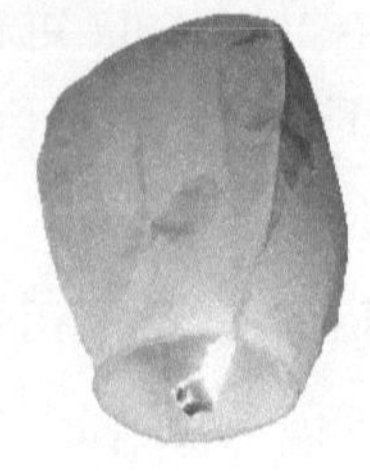

रोहित और तान्या हॉस्पिटलाईज

"ओह! क्या बात है, देवर-भाभी में मुझे बेवकूफ बनाने की प्लानिंग चल रही है।"

"नहीं मम्मी जी ऐसी कोई बात नहीं है, आपको कोई गलतफहमी हुई है।"

"चुप कर! बेवकूफ समझा है तूने मुझे, अरे दुनिया देखी है मैंने।"

"मम्मी आप बात को इतना बड़ा क्यों कर रही हैं, क्यों नहीं समझ पा रही हैं दो प्यार करने वालों के दिल की बात।"

"तू नहीं समझेगा बेटा इस औरत की चालाकियाँ, ज़रूर इसने ही डोरे डाले होंगे उस रोहित पर, वरना इस अपाहिज के प्यार में कौन पड़ता।" अपनी इतनी बेइज़्ज़ती तान्या से बर्दाश्त नहीं हो पायी और बिना सोचे-समझे अपने पास रखी फलों की टोकरी से चाकू उठा हाथ की नस काट ली।

"भाभी ये क्या किया आपने, मम्मी हमें जल्द ही भाभी को हॉस्पिटल लेकर जाना होगा।"

"नहीं ऋषभ मुझे कहीं नहीं जाना, मैं मरना चाहती हूँ, नहीं सुने जाते अब मुझसे ये ताने।"

"भाभी आप कुछ मत बोलो, आप जल्द ही ठीक हो जायेंगी।" ऋषभ ने तान्या को जितना जल्दी हो सकता था गाड़ी में बिठाया और हॉस्पिटल के लिये रवाना हो गया। पीछे से स्वर्णा चिल्लाती रही साथ जाने के लिए, लेकिन उससे नाराज़ ऋषभ ने उसकी एक न सुनी।

दूसरी ओर घर से निकलते ही ऋषभ ने रोहित को फोन कर तान्या के बारे में सब कुछ बता दिया और जैसे ही रोहित को तान्या के बारे में पता चला वो सीधा हॉस्पिटल की ओर भागा।

"रोहित! रोहित कहाँ जा रहा है बेटा?" मंज़री चिल्लाती रही लेकिन रोहित नहीं रुका।

घबराहट में गाड़ी चलाने की वजह से रोहित सामने से आते हुए ट्रक से खुद को नहीं बचा पाया और उसकी चपेट में आ गया। दुर्घटना बहुत ही भयंकर थी। दुर्घटनास्थल पर भारी भीड़ जमा हो गयी और कुछ समझदार व्यक्तियों की मदद से रोहित को तुरंत ही हॉस्पिटल ले जाया गया संयोग उसी हॉस्पिटल में जिसमें ऋषभ, तान्या को लेकर गया। और तक़दीर का खेल ये था कि रोहित व तान्या एक साथ ही हॉस्पिटल के गेट में दाखिल हुए, लेकिन ऋषभ की नज़र रोहित पर पड़ी ही नहीं, क्योंकि ट्रेफिक में फँस जाने की वजह से उसे तान्या को हॉस्पिटल लाने में काफी देर हो चुकी थी जिस वजह से तान्या का बहुत खून बह चुका था। दूसरी ओर किसी अंजान व्यक्ति ने रोहित के मोबाइल पर नम्बर देख उसके घरवालों को इत्तिला कर दी जिससे कि मंजरी ने श्रुति व यश को भी फोन कर दिया और वो लोग जल्द ही हॉस्पिटल पहुँच गये और इधर स्वर्णा व रजत भी तान्या की वजह से हॉस्पिटल आ गये, लेकिन दोनों ही परिवारों को एक-दूसरे के हॉस्पिटल में होने की कोई जानकारी नहीं थी।

"डॉक्टर साहब कैसी हैं मेरी भाभी, वो ठीक तो हो जायेंगी न?"

"देखिए आप सब्र कीजिए हम चेक-अप कर रहे हैं; वैसे काफी खून बह चुका है इसलिए थोड़ी चिंता वाली बात तो है, फिर भी हम अपनी तरफ से पूरी कोशिश करेंगे।"

"क्या हुआ ऋषभ, क्या कह रहे थे डॉक्टर साहब?" स्वर्णा ने घबराकर ऋषभ से पूछा,

"आपकी वजह से ही हुआ है ये सब कुछ; अगर भाभी को कुछ हो जाता है

तो आप ज़िम्मेदार होंगी।''

''ऋषभ! ये वक़्त इन सब बातों के लिए नहीं है बल्कि हमारी कोशिश ये रहनी चाहिए कि तान्या का अच्छे से अच्छा इलाज हो।'' इतने में रजत ने ऋषभ को शांत करते हुए कहा।

दूसरी ओर डॉक्टर्स रोहित का चेक-अप कर रहे हैं, उसकी हालत भी खराब है। सिर पर गम्भीर चोट आयी है।

''डॉक्टर साहब मेरा बेटा कैसा है वो ठीक तो हो जायेगा न?'' मंजरी ने डॉक्टर साहब के इमरजेंसी वार्ड से बाहर आते ही उन्हें रोक लिया।

''मैडम थोड़ा सब्र कीजिए, आपके बेटे के सिर पर गम्भीर चोट आयी है, वो बेहोश हैं, कुछ टेस्ट करने होंगे उसके बाद ही हम कुछ बता सकते हैं।''

''हे भगवान तू ये किन पापों की सज़ा दे रहा हैं हमें।''

''मम्मी जी शांत हो जाइए सब ठीक हो जायेगा।'' जहाँ एक तरफ यश व श्रुति मंजरी को सँभालने की कोशिश कर रहे हैं वहीं दूसरी ओर रोहित के एक्सीडेंट से बेखबर ऋषभ बेसब्री से उसके आने का इंतज़ार कर रहा है।

''पता नहीं इतनी देर कैसे लग गयी रोहित को, अभी तक तो उसे आ जाना चाहिए था।'' ऋषभ बड़बड़ाने लगा। दोनों ही तरफ हालात बहुत खराब थे।

''तान्या जी के परिवार से कौन हैं!''

''जी हम... हम हैं डॉक्टर साहब, कैसी है हमारी बहू अब?'' रजत के पूछते ही,

''माफ कीजिए खबर अच्छी नहीं है; तान्या कोमा में जा चुकी है, अब उसे कब होश आयेगा कुछ नहीं कहा जा सकता।''

''डॉक्टर साहब कुछ भी कीजिए लेकिन मेरी भाभी को ठीक कर दीजिए।''

''हम अपनी तरफ से पूरी कोशिश करेंगे, आगे ऊपरवाले की मर्ज़ी।'' ऐसा कहते हुए डॉक्टर साहब चले गये।

जहाँ एक तरफ तान्या कोमा में जा चुकी है वहीं दूसरी ओर रोहित की ओर

से भी खबर अच्छी नहीं है। उसका इलाज़ कर रहे डॉक्टर्स के मुताबिक अब रोहित कभी देख नहीं सकेगा। दोनों ही तरफ माहौल मातम का हो चुका है।

तान्या की खबर सुन कुछ ही देर में उसके पापा-मम्मी भी हॉस्पिटल पहुँच गये। ''क्या हुआ तान्या को सम्धन जी?'' तान्या की मम्मी ने हड़बड़ाते हुए पूछा।

''आपकी बेटी ने अपने हाथ की नस काट ली है, लेकिन इससे आपको क्या मतलब, आपने तो अपनी बेटी हमारे यहाँ ब्याह कर अपना पीछा छुड़ा लिया है और इस मुसीबत को हम झेल रहे हैं।''

''ऐसा मत बोलिए सम्धन जी, अब तो वो आप ही की है, आप जैसा चाहें उसे रखें।'' तान्या के पापा के कहते ही,

''अब आप लोग बस भी कीजिए, वैसे ही बहुत टेंशन है, ये फालतू की शिकायतें बाद में कर लेना।'' ऐसा कहते ही ऋषभ फिर से रोहित का इंतज़ार करने लगा। लेकिन अभी तक दोनों ही परिवारों को एक-दूसरे के वहाँ होने की खबर नहीं है।

इतने में ही ऋषभ के पास रिया का फोन आ गया, ''हाय ऋषभ! कैसे हो?''

''रिया, तान्या भाभी ने...'' और ऋषभ ने सब कुछ रिया को बता दिया।

''ऋषभ अब कैसी हैं भाभी और तुमने मुझे पहले भाभी के बारे में फोन करके क्यों नहीं बताया; मैं आ रही हूँ उन्हें देखने हॉस्पिटल।''

''नहीं रिया तुम्हें आने की कोई ज़रूरत नहीं है और वैसे भी मैं यहाँ क्या कहूँगा तुम्हारे बारे में।''

''लेकिन ऋषभ...।''

''प्लीज़ रिया इस बारे में कोई बात नहीं, मैं तुम्हें भाभी की खबर देता रहूँगा।'' ऋषभ ने रिया को तो आने से रोक दिया, लेकिन खुद बहुत ही बेसब्री से रोहित का इंतज़ार कर रहा है, इस दौरान उसने रोहित को कई बार फोन भी लगाया लेकिन न जाने क्यों किसी ने उसका फोन ही नहीं उठाया। जब उसने बहुत देर तक इंतज़ार कर लिया तो उससे रहा नहीं गया और उसने श्रुति को फोन कर दिया और श्रुति से बात होते ही ऋषभ को जो पता चला उसे सुन उसके पैरों

तले की ज़मीन ही खिसक गयी।

''दीदी आप मुझे बताइए कि इस वक़्त आप हॉस्पिटल में कहाँ हैं, मैं इसी वक़्त वहाँ आ रहा हूँ।'' और श्रुति के बताते ही ऋषभ उस जगह पहुँच गया जहाँ रोहित का परिवार मौजूद था।

''ऋषभ तुम यहाँ! किसने बताया तुम्हें रोहित के बारे में?''

''मम्मी मैंने बताया; लेकिन ऋषभ तुम इतनी जल्दी कैसे आ गये?''

''दीदी मैं हॉस्पिटल में ही था।'' ऐसा कहते हुए ऋषभ ने तान्या वाली सारी बात बता दी।

''हे भगवान! इसका मतलब रोहित तान्या से मिलने हॉस्पिटल आ रहा था।'' मंजरी ने चिल्लाते हुए कहा।

''थोड़ा धीरे बोलिए मम्मी ये हॉस्पिटल है।'' श्रुति के टोकते ही,

''अरे क्या धीरे बोलूँ बेटा, लगता है ये मनहूस तान्या जैसे अपने पति को खा गयी अब मेरे बेटे को भी खा जायेगी।''

''बस कीजिए आण्टी वो क्या किसी को खायेंगी, वो तो खुद मौत के मुँह में हैं।''

''हाँ मम्मी ऋषभ सही कह रहा है, इस वक़्त हम दोनों परिवारों को एक-दूसरे के साथ होना चाहिए न कि एक-दूसरे के खिलाफ'', श्रुति के कहते ही मंज़री चुपचाप एक तरफ बैठ गयी। दोनों ही परिवारों में मातम का माहौल छाया हुआ है न किसी को समय का कोई ज्ञान न खुद का होश। भूख तो जैसे सभी की मर गयी है। जहाँ एक तरफ तान्या के घरवाले उसके होश में आने का इंतज़ार कर रहे हैं तो दूसरी ओर रोहित के घरवाले उसके होश में आने का इंतज़ार कर रहे हैं। ऋषभ बेचारा कभी यहाँ तो कभी वहाँ चक्कर ही लगा रहा है।

प्यार के लिए

पूरे तीन दिन के इंतज़ार के बाद... ''डॉक्टर! डॉक्टर! जल्दी आइए तान्या को होश आ रहा है।'' आई.सी.यू. से अचानक बाहर निकल नर्स डॉक्टर साहब को बुलाने लगी जिसे देख ऋषभ व उसके परिवार वाले आई.सी.यू. की ओर दौड़े।

''क्या कहा आपने अभी, मेरी बेटी को होश आ रहा है?'' तान्या की मम्मी के पूछते ही...

''आप वहाँ बैठिए, पहले डॉक्टर साहब देख लें फिर आपको बताते हैं।'' नर्स कुछ और कहती लेकिन इससे पहले ही वहाँ डॉक्टर साहब आ गये और सीधा आई.सी.यू. में चले गये। बाहर बैठे हर व्यक्ति की धड़कन तेज़ हो रही है, हर कोई ये जानने के लिए उत्सुक है कि तान्या अब कैसी है।

इतने में ही डॉक्टर साहब बाहर निकलकर बोले- ''आप में से रोहित कौन हैं?''

''कोई नहीं डॉक्टर साहब।'' स्वर्णा ने तपाक से जवाब दिया।

''तान्या बार-बार रोहित का नाम पुकार रही है, आप जितना जल्दी हो सके

उन्हें बुलवा लीजिए तान्या की हालत बहुत नाजुक है, शायद वो उनसे कुछ कहना चाहती हैं।''

''डॉक्टर साहब तान्या ठीक तो हो जायेगी ना?'' तान्या के पापा अपनी बेटी की खबर पूछे बिना नहीं रह सके।

''देखिए अभी हम कुछ नहीं कह सकते हैं, उनकी तबीयत बहुत ही नाजुक है। इतना कहते ही डॉक्टर साहब चले गये।

''अब मैं रोहित को कहाँ से लाऊँ।'' ऋषभ मन ही मन बड़बड़ाया।

''लेकिन ऋषभ बेटा ये रोहित है कौन?'' तान्या की मम्मी के पूछते ही,

''आण्टी वो तान्या भाभी का दोस्त है।''

''दोस्त नहीं सम्भधन जी, आपकी बेटी का प्रेमी है वो और उसी की वजह से आज आपकी बेटी इस हाल में है, नाक कटवा दी आपकी बेटी ने हमारी।'' स्वर्णा के कहते ही।

''बस करो मम्मी, ये वक़्त नहीं है इन सब बातों का, फिलहाल तो मैं ये सोच रहा हूँ कि भाभी को रोहित के बारे में कैसे बतायें कहीं ऐसा न हो उसके एक्सिडेंट की खबर सुन उनकी तबीयत ज्यादा खराब हो जाये।''

''ऋषभ! यहाँ ऋषभ कौन हैं?'' इतने में ही नर्स ने आकर पूछा।

''जी मैं...!'' ऋषभ ने आश्चर्य से नर्स की ओर देखा।

''तान्या आपसे मिलना चाहती हैं, आप अंदर आई.सी.यू. में जाइए।''

''सिस्टर क्या हम भी तान्या से मिल सकते हैं?'', तान्या की मम्मी अपनी बेटी को देखने के लिए बैचेन होने लगीं।

''नहीं, आप नहीं।'' ऋषभ के आई.सी.यू. में जाते ही।

''ऋषभ! रोहित! रोहित...'' तान्या कराहने लगी।

''भाभी, रोहित आया था आपसे मिलने, मैंने ही उसे अभी थोड़ी देर पहले घर वापिस भेजा है, बहुत थक गया था न इसलिए; आप आराम कीजिए वो थोड़ी देर में आ जायेगा।''

''रोहित! रोहित...!'' तान्या फिर से कराहने लगी। उसकी हालत देख ऋषभ ज्यादा देर तक आई.सी.यू. में नहीं रुक पाया और जल्द ही बाहर आकर फूट-फूटकर रोने लगा।

''क्या हुआ ऋषभ, कैसी हैं तान्या?'' उसे रोता हुअ देख तान्या की मम्मी बैचेन हो गयीं।

''मुझसे भाभी की हालत देखी नहीं जा रही, उन्हें रोहित का सच कैसे बताऊँ।''

''कह दे मर गया रोहित, कुछ दिन रो-धोकर सब भूल जायेगी।'' स्वर्णा के कहते ही,

''बस करो मम्मी! हद होती है हर बात की।'' ऐसा कहते हुए ऋषभ गुस्से में उस तरफ चला गया जहाँ रोहित का परिवार बैठा हुआ था।

''क्या हुआ कैसा है रोहित?''

''अभी तक होश नहीं आया, पता नहीं ऊपरवाले की क्या मर्ज़ी है; वैसे तान्या कैसी हैं?''

''उन्हें थोड़ा-थोड़ा होश आ रहा है दीदी, वो बार-बार रोहित का ही नाम ले रही हैं।''

''मेरी तो कुछ समझ में नहीं आ रहा, तुम्हारी भाभी मेरे बेटे का पीछा क्यों नहीं छोड़ देती।'' इतने में ही मंजरी बीच में ही बोल पड़ी।

''बस करो मम्मी, एक ही बात कितनी बार बोलोगी!''

''तो फिर क्या करूँ तू ही बता, उस औरत की वजह से आज मेरा बेटा इस हाल में है। इतने में ही वहाँ डॉक्टर साहब आ गये।

''डॉक्टर साहब कैसा है मेरा बेटा, उसे कब तक होश आ जायेगा?''

''देखिए अभी कुछ कह नहीं सकते।''

''लेकिन उसकी आँखें, वो देख तो पायेगा न डॉक्टर साहब?'' यश के पूछते ही,

''हाँ देख पायेगा अगर कोई उसे अपनी आँखें डोनेट कर दे तो।''

''लेकिन ऐसा करेगा कौन?'' ऋषभ के कहते ही,

''हे ईश्वर! मुझे उठा ले जिससे कि मेरी आँखें मेरे बेटे के काम आ सकें।'' मंजरी एकाएक ही भावुक हो गयी।

''शुभ-शुभ बोलो मम्मी, दुनिया इतनी ज़ालिम नहीं है, नेक दिल इंसान भी रहते हैं यहाँ, ज़रूर कोई भगवान का फरिश्ता आयेगा और रोहित को अपनी आँखें देकर जायेगा।'' ऐसा बोलते-बोलते श्रुति की आँखों से आँसू बहने लगे।

इतने में ही वहाँ रजत, ऋषभ को बुलाने आ गये, ''ऋषभ बेटा जल्दी चलो तान्या की तबीयत खराब हो रही है'' और दोनों दौड़ते हुए आई.सी.यू. की ओर जाने लगे।

''आप लोग तान्या से मिल लीजिए, उनके बचने की उम्मीद न के बराबर हैं।''

''आप ऐसा कैसे कह सकते हैं, थोड़ी तो कोशिश कीजिए, मुझे उम्मीद है मेरी भाभी ठीक हो जायेंगी।''

''आप अपनी भावनाओं पर संयम रखिए, हमसे जितना हो सकता था हमने कोशिश की है; आप यहाँ समय बरबाद करने के बजाय आई.सी.यू. में जाकर उनसे मिल लीजिए।'' डॉक्टर साहब के कहते ही पूरा परिवार तान्या से मिलने आई.सी.यू. में चला गया। हर किसी के चेहरे पर उदासी छायी हुई है।

''रोहित! रोहित!'', तान्या अभी भी रोहित को ही पुकार रही है।

''भाभी! वो रोहित...'' ऋषभ आगे कुछ कहता इससे पहले ही,

''मर गया रोहित, अब रोहित रोहित करना बंद कर तू।''

''मम्मी... चुप हो जाओ!''

''क्या हुआ मेरे रोहित को कोई तो बताओ।''

''कुछ नहीं भाभी, कुछ नहीं हुआ रोहित को।''

''मैं बताती हूँ, एक्सिडेंट हो गया है तेरे रोहित का, अंधा हो गया है वो; जैसे तू मेरे बेटे को खा गयी वैसे ही तेरी मनहूस छाया से वो रोहित भी नहीं बच सका।''

"बस कीजिए समधन जी, मैं नहीं जानता की ये रोहित कौन है, लेकिन इतना जानता हूँ कि ये समय नहीं है इन सब बातों के लिए।"

"हाँ मम्मी, अंकल सही कह रहे हैं, आप बाहर जाइए।" ऋषभ ने लगभग स्वर्णा को बाहर धकेलते हुए कहा।

"ऋषभ मुझे तुमसे कुछ बात करनी है।"

"जी भाभी कहिए मैं यहीं हूँ आपके पास।"

"क्या हुआ है रोहित को सब सच-सच बताना तुम्हे मेरी कसम है।" तान्या के द्वारा कसम दिये जाने की वजह से ऋषभ को उसे सब कुछ सच-सच बताना पड़ा।

"सही कह रही हैं मम्मी जी, मेरा मनहूस साया रोहित पर भी पड़ गया।" ऐसा कहते ही तान्या की आँखों से बेतहाशा आँसू बहने लगे।

"ऐसा कुछ नहीं हैं भाभी सब सही हो जायेगा।"

"ऋषभ मेरा एक काम करोगे, मेरी एक आखिरी इच्छा है क्या वो तुम पूरी करोगे?"

"ऐसा मत बोलिए भाभी आपको कुछ नहीं होगा।"

"नहीं ऋषभ मैं जानती हूँ कि अब मैं नहीं बचूँगी, वादा करो कि तुम मेरी इच्छा ज़रूर पूरी करोगे।"

"हाँ भाभी बोलिए न मैं आपकी हर इच्छा पूरी करूँगा।" ऋषभ ने तान्या का हाथ अपने हाथों में लेते हुए कहा।

"मैं चाहती हूँ कि मेरे जाने के बाद रोहित मेरी आँखों से देखे।"

"भाभी ये क्या बोल रही हैं आप, मैंने कहा है न कि कुछ नहीं होगा आपको, आप अच्छी हो जायेंगी।"

"मैं जानती हूँ अब मेरा आखिरी वक़्त आ गया है; मेरी वजह से सबका बुरा हुआ है जाते-जाते एक अच्छा काम करना चाहती हूँ, वादा करो तुम मेरी ये इच्छ पूरी करोगे।"

"हाँ भाभी मैं आपसे वादा करता हूँ कि आपकी इच्छा ज़रूर पूरी करूँगा।"

ऐसा कहते ही ऋषभ फूट-फूटकर रोने लगा माहौल पूरी तरह से मातम में बदल चुका है। जहाँ एक तरफ हर कोई तान्या के ठीक होने की दुआ कर रहा था वहीं दूसरी ओर रोहित के जल्द ही होश में आने की प्रार्थनाओं का दौर भी जारी था।

अचानक ही तान्या की साँस उखड़ने लगी। उसकी स्थिति देख पूरा परिवार घबरा गया। वहाँ खड़े डॉक्टर्स अपनी ओर से उसे बचाने की हर सम्भव कोशिश करने लगे। लेकिन शायद उसकी ज़िंदगी पूरी हो चुकी थी इसलिए डॉक्टर्स की लाख कोशिशों के बावजूद तान्या को नहीं बचाया जा सका और सब कुछ अचानक से शांत हो गया।

रोहित और तान्या हुए एक

तान्या की इच्छा के मुताबिक उसकी आँखें रोहित को लगाने की प्रक्रिया जल्द ही शुरू कर दी गयी, लेकिन ये बात रोहित के परिवार से गुप्त रखी गयी कि ये आँखें तान्या की हैं।

''क्या हुआ डॉक्टर साहब, होश आया क्या मेरे बेटे को?''

''जी नहीं, लेकिन हमें अभी उनकी आँखों का ऑपरेशन करना होगा।''

''ऑपरेशन! मैं कुछ समझी नहीं डॉक्टर साहब।''

''बधाई हो आप सबको, अभी कुछ देर पहले किसी नेक दिल इंसान ने इस दुनिया से जाने से पहले अपनी आँखों को दान करने का फैसला लिया और अब हम उनके जाने के बाद उनकी आँखें रोहित को लगा रहे हैं।''

''इसका मतलब...'' मंजरी के कहते ही,

''जी हाँ इसका मतलब रोहित अब देख सकेगा।''

''डॉक्टर साहब क्या हम एक बार उस व्यक्ति के परिवार से मिल सकते हैं जिसने हमारे रोहित को अपनी आँखें दान की है?'' यश के पूछते ही,

“जी नहीं, माफ कीजिए दानकर्ता एवं उसके परिवार का नाम गुप्त रखा जाता है।”

“क्या हमें एक बार उन्हें धन्यवाद कहने का मौका भी नहीं मिलेगा?”

“जी नहीं, माफ कीजिएगा हम आपको दानकर्ता के बारे में कुछ नहीं बता सकते।”

“कोई बात नहीं, जिसने भी ये नेक काम किया है ऊपरवाला उसके परिवार को हर मुसीबत से दूर रखे और उसे स्वर्ग मिले।” मंजरी ने अनजाने में ही सही तान्या के लिए दुआ माँग ली।

जहाँ एक तरफ तान्या के पार्थिव शरीर को घर ले जाने की तैयारियाँ चल रही हैं तो वही दूसरी ओर रोहित का ऑपरेशन चल रहा है।

कुछ देर बाद।” ऑपरेशन सफल रहा, आपका बेटा अब देख सकेगा।”

“लेकिन डॉक्टर साहब मेरे भाई को होश कब आयेगा?” श्रुति की बैचेनी बढ़ती जा रही थी।

“जल्द ही आ जायेगा, क्योंकि रोहित हमारे इलाज पर सकारात्मक प्रतिक्रिया दे रहा है और हम उसे आई.सी.यू. से वार्ड में शिफ्ट कर रहे हैं।” ऐसा कहते हुए डॉक्टर साहब चले गये।

अगले कुछ दिनों तक ऋषभ, रोहित से मिलने नहीं आया, लेकिन इस ओर किसी का ध्यान ही नहीं गया। कुछ दिनों बाद जब अचानक से रोहित बेहोशी की हालत में तान्या का नाम बड़बड़ाने लगा तो उसके मुँह से तान्या का नाम सुनते ही- “अरे! ऋषभ तो कई दिनों से यहाँ आया ही नहीं और हमने इस ओर कोई ध्यान भी नहीं दिया।”

“अच्छा है श्रुति वो नहीं आया, मैं तो चाहती हूँ उस परिवार से हमारा पीछा ही छूट जाये।”

“बस करो मम्मी, बहुत हो गयी नफरत, अब तान्या व रोहित के ठीक होते ही इन्हें एक करने के बारे में सोचो।” श्रुति के कहते ही मंजरी ने कुछ ऐसे मुँह बनाया जैसे कि किसी ने उसके मुँह में कोई कड़वी चीज़ रख दी हो... लेकिन इस ओर श्रुति ने कोई ध्यान ही नहीं दिया।

तकरीबन एक हफ्ते बाद, ''डॉक्टर! डॉक्टर रोहित को होश आ रहा है।'' नर्स के चिल्लाने की आवाज़ सुन मंजरी, रोहित की ओर दौड़ी।

''क्या कहा सिस्टर मेरे बेटे को होश आ रहा? मंजरी के पूछते ही,

''जी हाँ।'' ऐसा कहते ही जैसे ही नर्स, डॉक्टर को बुलाने के लिए गयी, मंजरी ने घर गये यश व श्रुति को तुरंत फोन कर दिया जिससे कि कुछ ही देर में वो लोग अस्पताल पहुँच गये।

''कैसा है रोहित, आपकी बात हुई उससे? उसकी आँखे कैसी हैं?'', आते ही श्रुति ने मंजरी के ऊपर सवालों की बौछार कर दी।

''बस बस श्रुति थोड़ा साँस तो ले लो, एक साथ ही सारे सवाल पूछ लोगी क्या।'', यश के कहते ही,

''हाँ यश मुझसे तो सब्र ही नहीं हो रहा हैं, बोलो न मम्मी कुछ तो बोलो।''

''श्रुति बेटा जब से डॉक्टर साहब अन्दर रोहित का चैक-अप करने गये हैं अभी तक वापिस ही नहीं लौटे, मुझे तो बहुत घबराहट हो रही है, ठीक तो होगा न रोहित?''

''हाँ मम्मी आप बिलकुल भी मत घबराओ रोहित ठीक है।'', श्रुति के विश्वास को देख मंजरी में भी कुछ हिम्मत आयी इतने में ही पंकज ने इशारे में कुछ कहा।

''हाँ पापा बाहर आने दीजिए मैं पूछती हूँ डॉक्टर साहब से रोहित के बारे में।'' श्रुति ने जैसे पंकज के इशारे का जवाब दिया।

''बधाई हो रोहित को होश आ चुका है, अब आप लोग उससे मिल सकते हैं, लेकिन ध्यान रहे उसे किसी प्रकार का स्ट्रेस नहीं होना चाहिए।''

''थैंक-यू डॉक्टर साहब, आप बिलकुल भी फिक्र मत कीजिए, हम इस बात का पूरा ध्यान रखेंगे।'' ऐसा कहते ही मंजरी, पंकज की व्हील-चेयर खिसकाती हुई वार्ड में जाने लगी और श्रुति व यश भी उसके पीछे-पीछे चल दिये।

''रोहित बेटा कैसा है तू?'' मंजरी ने जैसे ही रोहित के सिर पर हाथ फेरते हुए पूछा।

''मम्मी, तान्या कैसी है, वो अब ठीक है न मुझे उससे मिलना हैं।''

''रोहित मेरे भाई वो बिलकुल ठीक है, तू बता अब कैसा महसूस कर रहा हैं?''

''दीदी आपको पता है तान्या ने अपने हाथ की नस काट ली है; मैं उससे मिलने ही आ रहा था लेकिन ये एक्सीडेंट...'' ऐसा कहते ही रोहित सुबकने लगा।

''बस कर बेटा मत परेशान कर खुद को, भूल जा तू तान्या को, वो भी तो आ सकती थी न एक बार तेरा हालचाल पूछने।''

मम्मी, हो सकता है उसकी अभी तबीयत ही ठीक न हुई हो, नहीं तो मेरी तान्या मुझसे मिलने ज़रूर आती। दीदी! ऋषभ को फोन करो मुझे तान्या से बात करनी है। रोहित के कहने पर श्रुति ने जब ऋषभ को फोन लगाया तो,

'हैला!'

''हैलो मैं श्रुति बोल रही हूँ रोहित की बहन, क्या तान्या से बात हो सकती हैं।''

''दीदी मैं ऋषभ बोल रहा हूँ, अब रोहित कैसा है?''

''वो ठीक है, उसे होश आ गया है, तान्या से मिलना चाहता है।''

''दीदी उससे कहो मैं अभी हॉस्पिटल आ रहा हूँ उससे मिलने।'',ऐसा कहते ही ऋषभ ने फोन रख दिया और श्रुति हैलो हैलो ही करती रह गयी।

''क्या हुआ दीदी, ऋषभ ने तान्या से बात क्यों नहीं करवायी?''

''पता नहीं रोहित, वो कह रहा था कि तुझसे मिलने हॉस्पिटल आ रहा है... शायद तान्या को साथ ला रहा हो और तुझे सरप्राइज देना चाहता हो।''

''हाँ ये हो सकता है इसका मतलब मेरी तान्या अब ठीक है दीदी।''

''अरे जब से होश में आया है उस तान्या का ही नाम जप रहा है, एक बार अपने माँ-बाप से भी बात कर ले।'' मंजरी को अब तान्या पर गुस्सा आने लगा।

''मम्मी तुम तो मेरी सबसे प्यारी मम्मी हो, लेकिन जब मैं यहाँ आ रहा था तब तान्या के हालात ठीक नहीं थे, बस एक बार उसकी खैर-खबर मिल जायेगी

तो मुझे चैन मिल जायेगा।'' रोहित की बात सुन मंजरी को अच्छा तो बिलकुल नहीं लगा, लेकिन उसने कहा कुछ नहीं। इतने में ही वहाँ ऋषभ आ गया।

''कैसा है रोहित?''

''ऋषभ मैं ठीक हूँ, तान्या कैसी है, मुझे लगा वो तेरे साथ आयेगी मुझसे मिलने, वो ठीक तो है न दोस्त... ऐसा कर उससे एक बार मेरी फोन पर बात करवा दे, उसकी आवाज़ सुन लूँगा तो मेरे मन को शांति मिल जायेगी।''

''मैं कैसे बात करवाऊँ तेरी तान्या भाभी से, वो तो तेरे पास ही हैं... बल्कि मैं तो यहाँ भाभी से मिलने आया था।'' ऋषभ की कही बात किसी के भी समझ में नहीं आयी और सब एक दूसरे की ओर आश्चर्य से देखने लगे।

''तुम क्या कह रहे हो ऋषभ हम कुछ समझ नहीं पा रहे हैं, जो भी कहना है साफ-साफ कहो।'' पिछले काफी देर से मंजरी, तान्या का नाम सुन-सुनकर इस कदर परेशान हो गयी कि वो झल्लाने लगी।

''आण्टी, साफ-साफ बात ये है कि मेरी तान्या भाभी अब रोहित के पास हैं।''

''मेरे पास, मैं कुछ समझा नहीं दोस्त!''

''मान गये दोस्त तेरे और तान्या भाभी के प्यार को... हम हर वक़्त ये ही सोचा करते थे कि तुम दोनों को एक कैसे करेंगे, घर के बड़े लोगों को कैसे मनाएँगे, लेकिन किसी को कुछ करने की ज़रूरत ही नहीं पड़ी और तुम दोनों एक हो गये।''

''ये क्या बकवास कर रहे हो ऋषभ तुम, मैं मर जाँऊगी लेकिन उस तान्या को कभी भी अपने घर की बहू नहीं बनने दूँगी।''

''अब तो वो आपके घर की हो चुकी हैं आण्टी, अब आप चाहकर भी उसे रोहित से जुदा नहीं कर सकतीं।''

''ऋषभ, कुछ समझ नहीं आ रहा कि तू कहना क्या चाहता है, बता दोस्त कहाँ है तान्या?''

''तेरी आँखों में... हाँ दोस्त तेरी तान्या ही अब तेरी आँखें हैं। रोहित जिन आँखों से तू देख रहा है वो मेरी तान्या भाभी की हैं दोस्त, मेरी भाभी हम सब को छोड़कर जा

चुकी हैं और जाते-जाते अपने रोहित की आँखें बन गयी हैं वो। मान गये दोस्त तुम्हारे प्यार को, हम तो सोचते ही रह गये कि कैसे तुम्हें एक करें और तुम तो एक हो भी गये और वो भी इस कदर कि हम इंसान तो क्या खुदा भी तुम्हें जुदा नहीं कर सकता।''

''तुम... तुम्हारा मतलब अब तान्या... नहीं ये नहीं हो सकता ऋषभ कह दो कि ये झूठ है!'' ऐसा कहते हुए अचानक से श्रुति की आँखें भर आयीं।

''दीदी! काश मैं ये कह पाता, लेकिन तान्या भाभी हम सबको छोड़कर जा चुकी हैं और जानता है रोहित उनकी अंतिम इच्छा क्या थी; वो तेरी आँखें बनकर तेरे साथ रहना चाहती थीं, वैसे तो दानकर्ता का नाम गुप्त रखा जाता है लेकिन तुझे पूरा हक़ है तेरी तान्या के बारे में सब कुछ जानने का। दोस्त मेरी भाभी का खयाल रखना खबरदार उन्हे कोई भी तकलीफ पहुँचायी तो मुझसे बुरा कोई नहीं होगा।'' ऋषभ के इतना कहते ही रोहित फूट-फूटकर रोने लगा।

''रोहित बेटा बस कर बेटा।'' ऐसा कहते ही मंजरी ने रोहित को अपने गले से लगा लिया।

''रोने दो मम्मी इसे मन हल्का हो जायेगा।''

''हे भगवान! मुझे माफ कर देना, जिस लड़की को मैं हमेशा ताने मारती रही वो तो देवी निकली; रोहित बेटा मुझे माफ कर देना, ऋषभ तुम भी मुझे माफ कर देना बेटा।''

''ये आप कैसी बातें कर रही हैं आण्टी, आप तो अब मेरे दोस्त का खयाल रखना और उसकी आँखों का भी।''

''हाँ बेटा मैं वादा करती हूँ मैं अपनी तान्या का पूरा खयाल रखूँगी।'' उसके बाद काफी देर तक वार्ड में सन्नाटा छाया रहा, लेकिन फिर कुछ देर बाद...

''अच्छा आण्टी अब मैं चलता हूँ, घर जाकर सबको ये भी तो बताना है न कि भाभी अब ठीक हैं।'' ऋषभ का इतना कहना था कि रोहित की आँखों से फिर से आँसू बह निकले, लेकिन इस बार उसे किसी ने नहीं सँभाला क्योंकि अब सभी उसे तान्या के जाने के गम के साथ अकेला छोड़ना चाहते है जिससे कि उसका मन कुछ हल्का हो जाय।

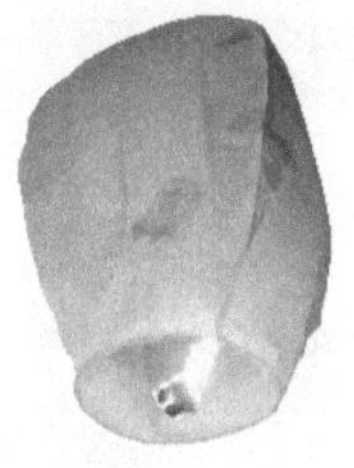

मुकम्मल हुआ है इश्क़ हमारा

पाँच साल बाद।

''रोहित बेटा जल्दी से नाश्ता कर ले फिर तुझे अनाथाश्रम भी तो जाना है बच्चों के पास।'' मंजरी के कहते ही,

''नमस्ते मंजरी जी! कैसी हैं आप, अरे भई आज रोहित अकेला नहीं जायेगा हम भी उसके साथ जायेंगे उसके व तान्या के बच्चों से मिलने।''

''आइए आइए स्वर्णा जी! अरे क्या बात है आज तो बहुत दिनों बाद पूरा परिवार आया है। और रिया बेटा बताओ कैसी हो और ये तुम्हारी और ऋषभ की प्यारी-सी गुड़िया कैसी हैं?''

''आण्टी हम ठीक हैं आप बताइए आप सब कैसे हैं और रोहित कहाँ है कही दिखायी ही नहीं दे रहा।''

''बेटा वो तैयार हो रहा है, आप लोग बैठिए रोहित आता ही होगा।''

''मंजरी जी न जाने क्यों आज रोहित से मिलने का मन हुआ तो हम यहाँ चले आये।''

''नमस्ते आण्टी- अंकल कैसे हैं आप लोग?''

''आओ रोहित बेटा खुश रहो, हम सब तो ठीक हैं बेटा तुम बताओ कैसे हो?''

''अच्छा हूँ आण्टी'' रोहित के कहते ही,

''जब सब अच्छा ही है तो क्यों न आज एक बार फिर से सब रोहित व तान्या भाभी के बच्चों से मिलने चलें; उनके साथ कुछ वक़्त बितायें, मस्ती करें, ये सब देख भाभी को भी अच्छा लगेगा।'', ऋषभ के इतना कहते ही सभी अनाथाश्रम की ओर चल दिये और रोहित को वो दृश्य याद आ गया जब उसने तान्या से अनाथश्रम बनाने का वादा किया था।

और फिर रोहित आसमान की ओर देखकर तान्या से पूछने लगा, ''मुकम्मल हुआ हैं इश्क़ हमारा?''